# 柳宗元詩文選

〔唐〕柳宗元 著

廣陵書社
中國·揚州

圖書在版編目（CIP）數據

柳宗元詩文選 / （唐）柳宗元著. -- 揚州 : 廣陵書社, 2019.1（2021.1 重印）
（經典國學讀本）
ISBN 978-7-5554-1170-3

Ⅰ. ①柳… Ⅱ. ①柳… Ⅲ. ①唐詩－詩集②古典散文－散文集－中國－唐代 Ⅳ. ①I214.242

中國版本圖書館CIP數據核字(2018)第288222號

書　　名　柳宗元詩文選
著　　者　〔唐〕柳宗元
責任編輯　胡　珍
出 版 人　曾學文
裝幀設計　鴻儒文軒

---

出版發行　廣陵書社
揚州市維揚路 349 號　郵編:225009
(0514) 85228081(總編辦)　85228088(發行部)
http://www.yzglpub.com　E-mail:yzglss@163.com
印　　刷　三河市華東印刷有限公司

---

開　　本　880 毫米×1230 毫米　1/32
印　　張　7.375
字　　數　85 千字
版　　次　2019 年 1 月第 1 版
印　　次　2021 年 1 月第 2 次印刷
書　　號　ISBN 978-7-5554-1170-3
定　　價　38.00 圓

柳柳州

韓文公評公文云雄深雅健似司馬子長崔蔡不足多也葬時為銘其墓又稱其儁傑廉悍柳州羅池建廟祀公文公復作碑辭頌其死而為神云

公諱宗元字子厚其先蓋河東人父鎮隱於王屋山後徙吳公少精敏絕倫為文章卓犖精緻一時行輩推仰第進士博學宏詞科授校書郎調藍田尉後為監察御史裏行擢禮部員外郎未幾貶邵州刺史不半道貶永州司馬公既竄斥地又荒癘因自放山澤間其堙厄感鬱一寓諸文倣離騷數十篇讀者咸悲惻文思日益深嘗著書一篇曰貞符又作賦自儆曰懲咎徙柳州刺史時劉禹錫得播州公念其親老不忍其窮即具奏欲以柳易播會大臣為禹錫請獲改連州公至柳因其土俗為設教禁州人順賴南方為進士者走數千里從之遊經指授者為文辭皆有法世號柳柳州卒年四十七

選自《唐詩畫譜 · 五言畫譜 》

選自《唐詩畫譜·六言畫譜》

# 編輯説明

自上世紀九十年代始，我社陸續編輯出版一套綫裝本中華傳統文化普及讀物，名爲《文華叢書》。編者孜孜矻矻，兀兀窮年，歷經二十載，聚爲上百種，集腋成裘，蔚爲可觀。叢書以内容經典、形式古雅、編校精審，深受讀者歡迎，不少品種已不斷重印，常銷常新。

國學經典，百讀不厭，其中藴含的生活情趣、生命哲理、人生智慧，以及家國情懷、歷史經驗、宇宙真諦，令人回味無窮，啓迪至深。爲了方便讀者閲讀國學原典，更廣泛地普及傳統文化，特于《文華叢書》基礎上，重加編輯，推出《經典國學讀本》叢書。

本叢書甄選國學之基本典籍，萃精華于一編。以内容言，所選均爲家喻户曉的經典名著，涵蓋經史子集，包羅詩詞文賦、小品蒙書，琳琅滿目；以篇幅言，每種規模不大，或數種彙于一書，便于誦讀；以形式言，採用傳統版式，字大文簡，讀來令人賞心悦目；以編輯言，力求精擇良善版本，細加校勘，注重精讀原文，偶作簡明小注，或酌配古典版畫，體現編輯的匠心。

當下國學典籍的出版方興未艾，品質參差不齊。希望這套我社經年打造的品牌叢書，能爲讀者朋友閱讀經典提供真正的精善讀本。

廣陵書社編輯部

二〇一七年十二月

# 出版説明

柳宗元（七七三—八一九），字子厚，河東（今山西永濟）人，唐宋八大家之一，唐代杰出的文學家、哲學家和思想家。世稱柳河東、河東先生。貞元進士，授校書郎，調藍田尉，升監察御史里行。因參加主張革新的王叔文集團，任禮部員外郎。失敗後貶爲永州司馬。後遷柳州刺史，故又稱柳柳州。柳宗元一生著述頗豐，詩文皆有涉獵。有《河東先生集》。

柳宗元人生路上重大的轉折點，就是其主張的政治革新的失敗和因此而導致的貶謫。他前期向往『勵才能，興功力，致大康于民，垂不滅之聲』（《答貢士元公瑾論仕進書》）。在革新失敗，經歷了長期的貶謫生活之後，他能較爲深刻地觀察到社會黑暗，能更加體驗到勞動人民的疾苦，從而使他的作品有了更爲豐富的思想内容。正如歐陽修所言：『天于生子厚，禀予獨艱哉。超凌驟拔擢，過盛輒傷摧。苦其危慮心，常使鳴心哀。投以空曠地，縱横放天才。山窮與水險，上下極沿洄。故其于文章，出語多崔嵬。』（《永州萬石亭寄知永州王顧》）其流傳下來的作品，大多爲貶官之後所作。

柳宗元存詩一百六十餘首，雖爲數不多，但題材多樣，感情真摯。其部分詩作與陶淵明詩相近，語言淳樸自然，風格雅淡，意味悠長。另有受謝靈運影響者，則造語精妙，間雜玄理。但柳詩亦能于清麗中藴含幽怨，有自己獨特的風格。蘇軾曾一語中的：『質而實綺，癯而實腴』『發纖穠于簡古，寄至味于淡泊』（《書〈黄子思詩集〉後》）。

相較于詩而言，柳宗元文的成就更高。他與韓愈、歐陽修、蘇軾等人并稱『唐宋八大家』。在文學實踐上，他和韓愈在文壇上發起并領導了一場古文運動，提出革新文體、突破駢文束縛，要求文章反映現實。柳宗元也因此創作了大量内容豐富、語言精練的優秀篇章，對後世爲文之法産生了深遠的影響。他的辭賦繼承和發揚了屈原辭賦的傳統，其『九賦』和『十騷』，或直抒胸臆，或借古自傷，或寓言寄諷，無疑爲唐代賦體文學的佳作，宋人嚴羽所謂『唐人惟子厚深得騷學』，實爲確言。論説文筆鋒犀利，論證精確。以《天説》爲其哲學論文代表作。傳記文在繼承《史記》《漢書》的基礎上又有所創新，兼有寓言與小説的特點。代表作如《捕蛇者説》。山水游記歷來被人稱頌。『永州八記』已成爲我國古代山水游記名作。寓言雜記短小精悍，含意深刻，繼承并發展了《莊子》《韓非子》《吕氏春秋》《列子》等名作，多用來諷刺、抨擊當時社會的醜惡現象，亦有諷喻勸誡之作，皆推陳出新，造意奇特，藝術成就極高。此外，柳宗元對碑、銘、記、序等體裁亦有涉及，對禪宗、天台宗、律宗等學説也有所研究。

自劉禹錫編纂《河東先生集》後，歷代皆編印過許多關于柳宗元詩文的著作，版本甚多。本書主要以《新刊增廣百家詳補注唐柳先生文集》爲底本，參校世彩堂本《河東先生集》《五百家注柳先生文集》諸本，甄録柳宗元所作詩文名篇，兼顧文體。并選録諸本中保存的沈晦、任淵等人對柳文的訓詁、考證之文，以按語形式置于相應篇幅之後，便于讀者更深入地了解柳文，以期可爲喜愛柳宗元的讀者提供一種精緻、典雅之讀本。

廣陵書社編輯部

二〇一八年十一月

# 目録

詩選


酬婁秀才寓居開元寺早秋月夜病中見寄……一
初秋夜坐贈吳武陵……一
晨詣超師院讀禪經……二
贈江華長老……二
界圍巖水簾……三
寄韋珩……三
與浩初上人同看山寄京華親故……四
汨羅遇風……五
朗州竇常員外寄劉二十八詩見促行騎走筆酬贈……五
善謔驛和劉夢得酹淳于先生……五
詔追赴都二月至灞亭上……六
同劉二十八哭呂衡州兼寄江陵李元二侍御……六
奉酬楊侍郎丈因送八叔拾遺戲贈詔追南來諸賓二

首 …… 七
商山臨路有孤松往來斫以爲明好事者憐之編竹成援遂其生植感而賦詩 …… 七
衡陽與夢得分路贈别 …… 八
重别夢得 …… 八
三贈劉員外 …… 九
再上湘江 …… 九
長沙驛前南樓感舊 …… 九
登柳州城樓寄漳汀封連四州 …… 一〇
柳州寄丈人周韶州 …… 一〇
登柳州峨山 …… 一一
得盧衡州書因以詩寄 …… 一一
嶺南江行 …… 一一
柳州峒氓 …… 一二
種柳戲題 …… 一二
柳州二月榕葉落盡偶題 …… 一三
别舍弟宗一 …… 一三
殷賢戲批書後寄劉連州并示孟崙二童 …… 一四
柳州城西北隅種甘樹 …… 一四

段九秀才處見亡友吕衡州書迹……一五
柳州寄京中親故……一五
種木槲花……一五
酬曹侍御過象縣見寄……一六
湘口館瀟湘二水所會……一六
南澗中題……一七
遊石角過小嶺至長烏村……一七
與崔策登西山……一八
覺衰……一九
韋道安……一九
旦攜謝山人至愚池……二一
首春逢耕者……二一
溪居……二二
夏初雨後尋愚溪……二二
入黄溪聞猿……二二
秋曉行南谷經荒村……二三
雨後曉行獨至愚溪北池……二三
中夜起望西園值月上……二三
零陵春望……二四
夏晝偶作……二四
雨晴至江渡……二五

江雪……二五
冉溪……二五
茆簷下始栽竹……二六
戲題階前芍藥……二七
植靈壽木……二七
早梅……二八
巽公院五咏（選三）……二八
梅雨……二九
零陵早春……二九
田家三首（選一）……三〇
行路難三首（選一）……三〇
籠鷹詞……三一
放鷓鴣詞……三一
龜背戲……三二
聞黃鸝……三三
楊白花……三三
漁翁……三四
飲酒……三四
讀書……三五
感遇二首（選一）……三五
咏史……三六
詠三良……三七

詠荊軻……三七
春懷故園……三八


文選

佩韋賦……三九
瓶賦……四二
牛賦……四三
解祟賦并序……四四
懲咎賦……四六
閔生賦……四九
夢歸賦……五一
囚山賦……五三
愈膏肓疾賦……五四
封建論……五七
晉文公問守原議……六四
駁復讎議……六五
桐葉封弟辯……六八
箕子碑……七〇
唐故特進贈開府儀同三司揚州大都督南府君睢陽廟碑并序……七二
段太尉逸事狀……七七
愚溪對……八一

對賀者……八五
答問……八六
起廢答……八九
天説……九二
捕蛇者説……九五
謫龍説……九七
羆説……九八
宋清傳……九九
種樹郭橐駝傳……一〇一
童區寄傳……一〇三
梓人傳……一〇五
蝜蝂傳……一〇九
乞巧文……一一〇
罵尸蟲文并序……一一五
斬曲几文……一一七
宥蝮蛇文并序……一一九
憎王孫文……一二二
逐畢方文并序……一二四
辨伏神文并序……一二六
訴螭文并序……一二八
哀溺文并序……一二九
招海賈文……一三一

弔萇弘文……一三三
弔屈原文……一三五
弔樂毅文……一三八
伊尹五就桀贊……一三九
梁丘據贊……一四一
師友箴并序……一四二
敵戒……一四三
三戒并序……一四四
舜禹之事……一四七
謗譽……一五〇
咸宜……一五二
鞭賈……一五三
讀韓愈所著毛穎傳後題……一五五
愚溪詩序……一五七
永州韋使君新堂記……一五九
永州鐵爐步志……一六一
游黃溪記……一六三
始得西山宴游記……一六五
鈷鉧潭記……一六六
鈷鉧潭西小丘記……一六七
至小丘西小石潭記……一六八
袁家渴記……一六九

石渠記……一七一
石澗記……一七二
小石城山記……一七三
柳州東亭記……一七四
柳州山水近治可游者記……一七五
寄許京兆孟容書……一七七
與李翰林建書……一八三
與呂道州温論非國語書……一八六
與友人論爲文書……一九八
賀進士王參元失火書……一九〇
與太學諸生喜詣闕留陽城司業書……一九三
答韋中立論師道書……一九六
上門下李夷簡相公陳情書……二〇〇
祭呂衡州温文……二〇二
爲韋京兆祭太常崔少卿文……二〇五
祭弟宗直文……二〇七
附録
柳子厚墓志銘……二〇九
唐故柳州刺史柳君集……二一三

# 詩選

## 酬婁秀才寓居開元寺早秋月夜病中見寄

客有故園思，瀟湘生夜愁。病依居士室，夢繞羽人丘。味道憐知止，遺名得自求。壁空殘月曙，門掩候蟲秋。謬委雙金重，難徵雜珮酬。碧霄無枉路，徒此助離憂。

## 初秋夜坐贈吴武陵

稍稍雨侵竹，翻翻鵲驚叢。美人隔湘浦，一夕生秋風。積霧杳難極，滄波浩無窮。相思豈云遠，即席莫與同。若人抱奇音，朱絃縆枯桐。清商激西顥，泛灧凌長空。自得本無作，天成諒非功。希聲閟大樸，聾俗何由聰。

## 晨詣超師院讀禪經

汲井漱寒齒，清心拂塵服。閑持貝葉書，步出東齋讀。真源了無取，妄迹世所逐。遺言冀可冥，繕性何由熟。道人庭宇静，苔色連深竹。日出霧露餘，青松如膏沐。澹然離言説，悟悦心自足。

## 贈江華長老

老僧道機熟，默語心皆寂。去歲别春陵，沿流此投迹。室空無侍者，巾屨唯挂壁。一飯不願餘，跏趺便終夕。風窗疏竹響，露井寒松滴。偶地即安居，滿庭芳草積。

## 界圍巖水簾

界圍匯湘曲，青壁環澄流。懸泉粲成簾，羅注無時休。韻磬叩凝碧，鏘鏘徹巖幽。丹霞冠其巔，想像凌虛游。靈境不可狀，鬼工諒難求。忽如朝玉皇，天冕垂前旒。楚臣昔南逐，有意仍丹丘。今我始北旋，新詔釋縲囚。采真誠眷戀，許國無淹留。再來寄幽夢，遺貯催行舟。

## 寄韋珩

初拜柳州出東郊，道旁相送皆賢豪。迴眸炫晃别群玉，獨赴異域穿蓬蒿。炎煙六月咽口鼻，胸鳴肩舉不可逃。桂州西南又千里，灕水鬭石麻蘭高。陰森野葛交蔽日，懸蛇結虺如蒲萄。到官數宿賊滿野，縛壯殺老啼且號。飢行夜坐設方略，籠銅枹鼓手所操。奇瘡釘骨狀如箭，鬼手脱命爭纖毫。今年噬毒得霍疾，支心攪腹戟與刀。邇來氣少筋骨露，蒼白瀄汩盈顛毛。君今矻矻又竄逐，辭賦已復窮詩騷。神兵廟略頻破虜，四溟不日清風濤。聖恩儻忽念行葦，十年踐踏久已勞。幸因解網入鳥獸，畢命江海終遊遨。願言未果身益老，起望東北心滔滔。

**與浩初上人同看山寄京華親故**

海畔尖山似劍鋩，秋來處處割愁腸。若爲化得身千億，散上峰頭望故鄉。

## 汨羅遇風

南來不作楚臣悲，重入脩門自有期。爲報春風汨羅道，莫將波浪枉明時。

## 朗州竇常員外寄劉二十八詩見促行騎走筆酬贈

投荒垂一紀，新詔下荆扉。疑比莊周夢，情如蘇武歸。賜環留逸響，五馬助征騑。不羡衡陽雁，春來前後飛。

## 善謔驛和劉夢得酹淳于先生

水上鵠已去，亭中鳥又鳴。辭因使楚重，名爲救齊成。荒壠遽千古，羽觴難再傾。劉伶今日意，異代是同聲。

## 詔追赴都二月至灞亭上

十一年前南渡客，四千里外北歸人。詔書許逐陽和至，驛路開花處處新。

## 同劉二十八哭呂衡州兼寄江陵李元二侍御

衡岳新摧天柱峰，士林顦顇泣相逢。衹令文字傳青簡，不使功名上景鍾。三畝空留懸磬室，九原猶寄若堂封。遥想荆州人物論，幾回中夜惜元龍。

**奉酬楊侍郎丈因送八叔拾遺戲贈詔追南來諸賓二首**

貞一來時送彩牋，一行歸雁慰鷩弦。翰林寂寞誰爲主，鳴鳳應須早上天。

一生判却歸休，謂著南冠到頭。冶長雖解縲紲，無由得見東周。

**商山臨路有孤松往來斫以爲明好事者憐之編竹成援遂其生植感而賦詩**

孤松停翠蓋，託根臨廣路。不以險自防，遂爲明所誤。幸逢仁惠意，重此藩籬護。猶有半心存，時將承雨露。

## 衡陽與夢得分路贈別

十年顦顇到秦京，誰料翻爲嶺外行。伏波故道風煙在，翁仲遺墟草樹平。直以慵疏招物議，休將文字占時名。今朝不用臨河别，垂淚千行便濯纓。

## 重别夢得

二十年來萬事同，今朝岐路忽西東。皇恩若許歸田去，晚歲當爲鄰舍翁。

**三贈劉員外**

信書成自誤，經事漸知非。今日臨岐別，何年待汝歸。

**再上湘江**

好在湘江水，今朝又上來。不知從此去，更遣幾時回。

**長沙驛前南樓感舊**

海鶴一爲別，存亡三十秋。今來數行淚，獨上驛南樓。

## 登柳州城樓寄漳汀封連四州

城上高樓接大荒，海天愁思正茫茫。驚風亂颭芙蓉水，密雨斜侵薜荔墻。嶺樹重遮千里目，江流曲似九回腸。共來百越文身地，猶自音書滯一鄉。

## 柳州寄丈人周韶州

越絶孤城千萬峰，空齋不語坐高舂。印文生綠經旬合，硯匣留塵盡日封。梅嶺寒煙藏翡翠，桂江秋水露鰅鱅。丈人本自忘機事，爲想年來憔悴容。

## 登柳州峨山

荒山秋日午，獨上意悠悠。如何望鄉處，西北是融州。

## 得盧衡州書因以詩寄

臨蒸且莫嘆炎方，爲報秋來雁幾行。林邑東迴山似戟，牂牁南下水如湯。蒹葭淅瀝含秋霧，橘柚玲瓏透夕陽。非是白蘋洲畔客，還將遠意問瀟湘。

## 嶺南江行

瘴江南去入雲煙，望盡黄茆是海邊。山腹雨晴添象迹，潭心日暖長蛟涎。射工巧伺游人影，颶母偏驚旅客船。從此憂來非一事，豈容華髮待流年。

## 柳州峒氓

郡城南下接通津，異服殊音不可親。青箬裹鹽歸峒客，緑荷包飯趁虚人。鵝毛禦臘縫山罽，鷄骨占年拜水神。愁向公庭問重譯，欲投章甫作文身。

## 種柳戲題

柳州柳刺史，種柳柳江邊。談笑爲故事，推移成昔年。垂陰當覆地，聳幹會參天。好作思人樹，慚無惠化傳。

## 柳州二月榕葉落盡偶題

宦情羈思共悽悽，春半如秋意轉迷。山城過雨百花盡，榕葉滿庭鶯亂啼。

## 別舍弟宗一

零落殘魂倍黯然，雙垂別淚越江邊。一身去國六千里，萬死投荒十二年。桂嶺瘴來雲似墨，洞庭春盡水如天。欲知此後相思夢，長在荆門郢樹煙。

## 殷賢戲批書後寄劉連州并示孟崙二童

書成欲寄庾安西，紙背應勞手自題。聞道近來諸子弟，臨池尋已厭家鷄。

## 柳州城西北隅種甘樹

手種黄甘二百株，春秋新葉徧城隅。方同楚客憐皇樹，不學荆門利木奴。幾歲開花聞噴雪，何人摘實見垂珠。若教坐待成林日，滋味還堪養老夫。

## 段九秀才處見亡友呂衡州書迹

交侶平生意最親，衡陽往事似分身。袖中忽見三行字，拭淚相看是故人。

## 柳州寄京中親故

林邑山聯瘴海秋，牂牁水向郡前流。勞君遠問龍城地，正北三千到錦州。

## 種木槲花

上苑年年占物華，飄零今日在天涯。祇應長作龍城守，剩種庭前木槲花。

## 酬曹侍御過象縣見寄

破額山前碧玉流，騷人遥駐木蘭舟。春風無限瀟湘意，欲採蘋花不自由。

## 湘口館瀟湘二水所會

九疑濬傾奔，臨源委縈迴。會合屬空曠，泓澄停風雷。高館軒霞表，危樓臨山隈。兹辰始澂霽，纖雲盡褰開。天秋日正中，水碧無塵埃。杳杳漁父吟，叫叫羈鴻哀。境勝豈不豫，慮分固難裁。升高欲自舒，彌使遠念來。歸流駛且廣，泛舟絶沿洄。

## 南澗中題

秋氣集南澗，獨遊亭午時。迴風一蕭瑟，林影久參差。始至若有得，稍深遂忘疲。羈禽響幽谷，寒藻舞淪漪。去國魂已游，懷人淚空垂。孤生易爲感，失路少所宜。索寞竟何事，徘徊祇自知。誰爲後來者，當與此心期。

## 遊石角過小嶺至長烏村

志適不期貴，道存豈偷生。久忘上封事，復笑昇天行。竄逐宦湘浦，搖心劇懸旌。始驚陷世議，終欲逃天刑。歲月殺憂慄，慵疏寡將迎。追遊疑所愛，且復舒吾情。石角恣幽步，長烏遂遐征。磴迴茂樹斷，景晏寒川明。曠望少行人，時聞田鸛鳴。風篁冒水遠，霜稻侵山平。稍與人事間，益知身世輕。爲農信可樂，居寵真虛榮。喬木餘故國，願言果丹誠。四支反田畝，釋志東皋耕。

## 與崔策登西山

鶴鳴楚山静，露白秋江曉。連袂渡危橋，縈迴出林杪。西岑極遠目，毫末皆可了。重疊九疑高，微茫洞庭小。迥窮兩儀際，高出萬象表。馳景泛頹波，遥風遞寒篠。謫居安所習，稍厭從紛擾。生同胥靡遺，壽等彭鏗夭。蹇連困顛踣，愚蒙怯幽眇。非令親愛疏，誰使心神悄。偶兹遁山水，得以觀魚鳥。吾子幸淹留，緩我愁腸繞。

## 覺衰

久知老會至，不謂便見侵。今年宜未衰，稍已來相尋。齒疏髮就種，奔走力不任。咄此可奈何，未必傷我心。彭聃安在哉，周孔亦已沉。古稱壽聖人，曾不留至今。但願得美酒，朋友常共斟。是時春向暮，桃李生繁陰。日照天正緑，杳杳歸鴻吟。出門呼所親，扶杖登西林。高歌足自快，商頌有遺音。

## 韋道安

道安本儒士，頗擅弓劍名。二十遊太行，暮聞號哭聲。疾驅前致問，有叟垂華纓。言我故刺史，失職還西京。偶爲群盜得，毫縷無餘嬴。貨財足非恡，二女皆娉婷。蒼黃見驅逐，誰識死與生。便當此殞命，休復事晨征。一聞激高義，眦裂肝膽橫。挂弓問所往，趫捷超崢嶸。見盜寒磵陰，羅列方忿爭。一矢斃酋帥，餘黨號且驚。麾令遞束縛，纆索相拄撐。彼姝久褫魄，刃下俟誅刑。却立不親授，諭以從父行。捃收自擔肩，轉道趨前程。夜發敲石火，山林如晝明。父子更抱持，涕血紛交零。頓首願歸貨，納女稱舅甥。道安奮衣去，義重利固輕。師婚古所病，合姓非用兵。

朅來事儒術，十載所能逞。慷慨張徐州，朱邸揚前旌。投軀獲所願，前馬出王城。轅門立奇士，淮水秋風生。君侯既即世，麾下相皷傾。立孤抗王命，鐘鼓四野鳴。橫潰非所壅，逆節非所嬰。舉頭自引刃，顧義誰顧形。

烈士不忘死，所死在忠貞。咄嗟徇權子，翕習猶趨榮。我歌非悼死，所悼時世情。

## 旦携謝山人至愚池

新沐换輕幘，曉池風露清。自諧塵外意，况與幽人行。霞散衆山迥，天高數雁鳴。機心付當路，聊適羲皇情。

## 首春逢耕者

南楚春候早，餘寒已滋榮。土膏釋原野，百蟄競所營。綴景未及郊，穡人先耦耕。園林幽鳥囀，渚澤新泉清。農事誠素務，羈囚阻平生。故池想蕪没，遺畝當榛荆。慕隱既有繫，圖功遂無成。聊從田父言，款曲陳此情。眷然撫耒耜，迴首煙雲横。

## 溪居

久爲簪組累，幸此南夷謫。閑依農圃鄰，偶似山林客。曉耕翻露草，夜榜響溪石。來往不逢人，長歌楚天碧。

## 夏初雨後尋愚溪

悠悠雨初霽，獨繞清溪曲。引杖試荒泉，解帶圍新竹。沉吟亦何事，寂寞固所欲。幸此息營營，嘯歌静炎燠。

## 入黄溪聞猿

溪路千里曲，哀猿何處鳴。孤臣涙已盡，虚作斷腸聲。

## 秋曉行南谷經荒村

杪秋霜露重，晨起行幽谷。黃葉覆溪橋，荒村唯古木。寒花疏寂歷，幽泉微斷續。機心久已忘，何事驚麋鹿。

## 雨後曉行獨至愚溪北池

宿雲散洲渚，曉日明村塢。高樹臨清池，風驚夜來雨。予心適無事，偶此成賓主。

## 中夜起望西園值月上

覺聞繁露墜，開户臨西園。寒月上東嶺，泠泠疏竹根。石泉遠逾響，山鳥時一喧。倚楹遂至旦，寂寞將何言。

## 零陵春望

平野春草綠，曉鶯啼遠林。日晴瀟湘渚，雲斷岣嶁岑。仙駕不可望，世途非所任。凝情空景慕，萬里蒼梧陰。

## 夏晝偶作

南州溽暑醉如酒，隱机熟眠開北牖。日午獨覺無餘聲，山童隔竹敲茶臼。

## 雨晴至江渡

江雨初晴思遠步，日西獨向愚溪渡。渡頭水落村逕成，撩亂浮槎在高樹。

## 江雪

千山鳥飛絶，萬逕人蹤滅。孤舟簑笠翁，獨釣寒江雪。

## 冉溪

冉溪，即愚溪也。元和五年，公易其名爲愚溪。

少時陳力希公侯，許國不復爲身謀。風波一跌逝萬里，壯心瓦解空縲囚。縲囚終老無餘事，願卜湘西冉溪地。却學壽張樊敬侯，種漆南園待成器。

## 茆簷下始栽竹

瘴茆葺爲宇，溽暑恒侵肌。適有重膇疾，蒸鬱寧所宜。東鄰幸導我，樹竹邀涼颸。欣然愜吾志，荷鍤西巖垂。楚壤多怪石，墾鑿力已疲。江風忽云暮，輿曳還相追。蕭瑟過極浦，旖旎附幽墀。貞根期永固，貽爾寒泉滋。夜窗遂不掩，羽扇寧復持。清泠集濃露，枕簟凄已知。網蟲依密葉，曉禽棲迥枝。豈伊紛囂間，重以心慮怡。嘉爾亭亭質，自遠棄幽期。不見野蔓草，蓊蔚有華姿。諒無凌寒色，豈與青山辭。

## 戲題階前芍藥

凡卉與時謝，妍華麗兹晨。欹紅醉濃露，窈窕留餘春。孤賞白日暮，暄風動摇頻。夜窗藹芳氣，幽卧知相親。願致溱洧贈，悠悠南國人。

## 植靈壽木

白華照寒水，怡我適野情。前趨問長老，重復欣嘉名。蹇連易衰朽，方剛謝經營。敢期齒杖賜，聊且移孤莖。叢萼中競秀，分房外舒英。柔條乍反植，勁節常對生。循翫足忘疲，稍覺步武輕。安能事翦伐，持用資徒行。

## 早梅

早梅發高樹，迴映楚天碧。朔吹飄夜香，繁霜滋曉白。欲爲萬里贈，杳杳山水隔。寒英坐銷落，何用慰遠客。

## 巽公院五咏（選三）

### 曲講堂

寂滅本非斷，文字安可離。曲堂何爲設，高士方在斯。聖默寄言宣，分別乃無知。趣中即空假，名相與誰期。願言絶聞得，忘意聊思惟。

### 禪堂

發地結菁茆，團團抱虚白。山花落幽户，中有忘機客。涉有本非取，照空不待析。萬籟俱緣生，窅然喧中寂。心境本洞如，鳥飛無遺跡。

**芙蓉亭**

新亭俯朱檻，嘉木開芙蓉。清香晨風遠，溽彩寒露濃。瀟灑出人世，低昂多異容。嘗聞色空喻，造物誰爲工。留連秋月晏，迢遞來山鍾。

**梅雨**

梅實迎時雨，蒼茫值晚春。愁深楚猿夜，夢斷越鷄晨。海霧連南極，江雲暗北津。素衣今盡化，非爲帝京塵。

**零陵早春**

問春從此去，幾日到秦原。憑寄還鄉夢，慇懃入故園。

## 田家三首（選一）

蓐食徇所務，驅牛向東阡。鷄鳴村巷白，夜色歸暮田。札札耒耜聲，飛飛來烏鳶。竭兹筋力事，持用窮歲年。盡輸助徭役，聊就空自眠。子孫日以長，世世還復然。

## 行路難三首（選一）

君不見，夸父逐日窺虞淵，跳踉北海超崑崙。披霄決漢出沆漭，瞥裂左右遺星辰。須臾力盡道渴死，狐鼠蜂蟻争噬吞。北方竫人長九寸，開口抵掌更笑喧。啾啾飲食滴與粒，生死亦足終天年。睢盱大志少成遂，坐使兒女相悲憐。

## 籠鷹詞

淒風淅瀝飛嚴霜，蒼鷹上擊翻曙光。雲披霧裂虹蜺斷，霹靂掣電捎平岡。砉然勁翮翦荆棘，下攫狐兔騰蒼茫。爪毛吻血百鳥逝，獨立四顧時激昂。炎風溽暑忽然至，羽翼脱落自摧藏。草中狸鼠足爲患，一夕十顧驚且傷。但願清商復爲假，拔去萬累雲間翔。

## 放鷓鴣詞

楚越有鳥甘且腴，嘲嘲自名爲鷓鴣。徇媒得食不復慮，機械潛發罹罝罦。羽毛摧折觸籠籞，煙火煽赫驚庖厨。鼎前芍藥調五味，膳夫攘腕左右視。齊王不忍觳觫牛，簡子亦放邯鄲鳩。二子得意猶念此，况我萬里爲孤囚。破籠展翅當遠去，同類相呼莫相顧。

## 龜背戲

長安新技出宮掖，喧喧初徧王侯宅。玉盤滴瀝黃金錢，皎如文龜麗秋天。八方定位開神卦，六甲離離齊上下。投變轉動玄機卑，星流霞破相參差。四分五裂勢未已，出無入有誰能知。乍驚散漫無處所，須臾羅列已如故。徒言萬事有盈虛，終朝一擲知勝負。脩門象棋不復貴，魏宮妝奩世所棄。豈如瑞質耀奇文，願持千歲壽吾君。廟堂巾笥非余慕，錢刀兒女徒紛紛。

## 聞黃鸝

倦聞子規朝暮聲，不意忽有黃鸝鳴。一聲夢斷楚江曲，滿眼故園春意生。目極千里無山河，麥芒際天搖青波。王畿優本少賦役，務閑酒熟饒經過。此時晴煙最深處，舍南巷北遙相語。翻日迴度昆明飛，凌風邪看細柳翥。我今誤落千萬山，身同傖人不思還。鄉禽何事亦來此，令我生心憶桑梓。閉聲迴翅歸務速，西林紫椹行當熟。

## 楊白花

楊白花，風吹渡江水。坐令宮樹無顏色，搖蕩春光千萬里。茫茫曉日下長秋，哀歌未斷城鴉起。

## 漁翁

漁翁夜傍西巖宿，曉汲清湘燃楚竹。煙銷日出不見人，欸乃一聲山水綠。迴看天際下中流，巖上無心雲相逐。

## 飲酒

今旦少愉樂，起坐開清樽。舉觴酹先酒，遺我驅憂煩。須臾心自殊，頓覺天地暄。連山變幽晦，綠水函晏温。藹藹南郭門，樹木一何繁。清陰可自庇，竟夕聞佳言。盡醉無復辭，偃臥有芳蓀。彼哉晉楚富，此道未必存。

## 讀書

幽沉謝世事，俛默窺唐虞。上下觀古今，起伏千萬途。遇欣或自笑，感戚亦以吁。縹帙各舒散，前後互相逾。瘴痾擾靈府，日與往昔殊。臨文乍了了，徹卷兀若無。竟夕誰與言，但與竹素俱。倦極更倒卧，熟寐乃一蘇。欠伸展肢體，吟咏心自愉。得意適其適，非願爲世儒。道盡即閉口，蕭散捐囚拘。巧者爲我拙，智者爲我愚。書史足自悦，安用勤與劬。貴爾六尺軀，勿爲名所驅。

## 感遇二首（選一）

西陸動凉氣，驚烏號北林。棲息豈殊性，集枯安可任。鴻鵠去不返，勾吴阻且深。徒嗟日沉湎，丸鼓鶩奇音。東海久摇蕩，南風已駸駸。坐使青天暮，小星愁太陰。衆情嗜姦利，居貨捐千金。危根一以振，齊斧來相尋。攬衣中夜起，感物涕盈襟。微霜衆所踐，誰念歲寒心。

## 咏史

燕有黄金臺，遠致望諸君。嗛嗛事强怨，三歲有奇勳。悠哉闢疆理，東海漫浮雲。寧知世情異，嘉穀坐熇焚。致令委金石，誰顧蠹蠕群。風波歘潛構，遺恨意紛紜。豈不善圖後，交私非所聞。爲忠不内顧，晏子亦垂文。

## 詠三良

束帶值明后，顧盼流輝光。一心在陳力，鼎列夸四方。款款効忠信，恩義皎如霜。生時亮同體，死没寧分張。壯軀閉幽隧，猛志填黄腸。殉死禮所非，况乃用其良。霸基弊不振，晋楚更張皇。疾病命固亂，魏氏言有章。從邪陷厥父，吾欲討彼狂。

## 詠荆軻

燕秦不兩立，太子已爲虞。千金奉短計，匕首荆卿趨。窮年徇所欲，兵勢且見屠。微言激幽憤，怒目辭燕都。朔風動易水，揮爵前長驅。函首致宿怨，獻田開版圖。炯然耀電光，掌握罔正夫。造端何其鋭，臨事竟趑趄。長虹吐白日，蒼卒反受誅。按劍赫憑怒，風雷助號呼。慈父斷子首，狂走無容軀。夷城芟七族，臺觀皆焚污。始期憂患弭，卒動災禍樞。秦皇本詐力，事與桓公殊。奈何効曹子，實謂勇且愚。世傳故多謬，太史徵無且。

## 春懷故園

九扈鳴已晚，楚鄉農事春。悠悠故池水，空待灌園人。

# 文選

## 佩韋賦

柳子讀古書，睹直道守節者即壯之，蓋有激也。恒懼過而失中庸之義，慕西門氏佩韋以戒，故作是賦。其辭曰：

邈予生此下都兮，塊天質之慤醇。日月迭而化升兮，霈遁初而枉神。雕大素而生華兮，汩末流以喪真。睎往躅而周章兮，懵倚伏其無垠。世既奪予之大和兮，眷授予以經常。循聖人之通途兮，鬱縱臾而不揚。猶悉力而究陳兮，獲貞則于典章。嫉時以奮節兮，憫己以抑志。登嵩丘而垂目兮，瞰中區之疆理。横萬里而極海兮，頹風浩其四起。恂驚怛而躑躅兮，惡浮詐之相詭。思貢忠于明后兮，振教導乎遐軌。紛吾守此狂狷兮，懼執競而不柔。探先哲之奥謨兮，攀往烈之洪休。曰沈潛而剛克兮，固讜人之嘉猷。嗟行行而躓踣兮，信往古之所仇。彼穹壤之廓殊兮，寒與暑而交修。執中而俟命兮，固仁聖之善謀。

吾祖士師之直道兮，亦愀然於伐國。尼父戮齊而誅卯兮，本柔仁以作極。藺疏顔以誚秦兮，入降廉猶臣僕。吉優繇而布和兮，殘萑蒲以屏慝。劇拔刃于霸侯兮，退匑匑而畏服。寬與猛其相濟兮，孰不頌兹之盛德。克明哲而保躬兮，恢大雅之所勖。

陽宅身以執剛兮，率易帥而蒙辜。羽愎心以鷙志兮，首身離而不懲。雲岳岳而專强兮，果黜志而乖圖。咸觸屏以拒訓兮，肆殞越而就陵。冶訐諫于昏朝兮，名崩弛而陷誅。荀縱直而不羈兮，乃變罹而禍仍。歷九折而直奔兮，固摧輮而失途。遵大路而曲轍兮，又求達而不能。廣守柔以允塞兮，抵暴梁而壞節。家撝謙而温美兮，胥子公而喪哲。義師仁而惡很兮，遂潰騰而滅裂。斯委懦以從邪兮，悼上蔡其何補。徐偃柔以屏義兮，倏邦離而身虜。桑弘和而却武兮，涣宗覆而國舉。設任柔而自處兮，蒙大戮而不悟。故曰：純柔純弱兮，必削必薄；純剛純强兮，必喪必亡。韜義于中，服和于躬；和以義宣，剛以柔通。守而不遷兮，變而無窮。交得其宜兮，乃獲其終。姑佩兹韋兮，考古齊同。

亂曰：韋之申申，佩于躬兮。本正生和，探厥中兮。哲人交修，樂有終兮；庶寡其過，追古風兮。

按：西門豹性急，故佩韋以自緩；董安于性緩，故佩弦以自急。韋，皮繩，喻緩也；弦，弓弦，喻急也。事見《韓非子》。

# 瓶賦

昔有智人，善學鴟夷。鴟夷蒙鴻，罍罃相追。諂誘吉士，喜悦依隨。開喙倒腹，斟酌更持。味不苦口，昏至莫知。頹然縱傲，與亂爲期。視白成黑，顛倒妍媸。己雖自售，人或以危。敗衆亡國，流連不歸。誰主斯罪？鴟夷之爲。

不如爲瓶，居井之眉。鈎深挹潔，淡泊是師。和齊五味，寧除渴飢。不甘不壞，久而莫遺。清白可鑒，終不媚私。利澤廣大，孰能去之？綆絶身破，何足怨咨。功成事遂，復于土泥。歸根反初，無慮無思。何必巧曲，徼覬一時。子無我愚，我智如斯。

按，東坡云：揚子雲《酒箴》，有問無答。子厚《瓶賦》，蓋補亡耳。子厚以瓶爲智，幾於信道知命者。晁太史無咎取公此賦于《變騷》，而繫之以詞曰：昔揚雄作《酒箴》，謂鴟夷盛酒而瓶藏水，酒甘以喻小人，水淡以比君子。故鴟夷以親近託車，而瓶以疏遠居井而羸，此雄欲同塵於皆醉者之詞也。故宗元復正論以反之，以謂寧爲瓶之潔以病己，無爲鴟夷之旨以愚人。蓋更相明，亦猶雄爲《反騷》，非反也，合也。

## 牛賦

若知牛乎？牛之爲物，魁形巨首。垂耳抱角，毛革疏厚。牟然而鳴，黄鍾滿脰。抵觸隆曦，日耕百畝。往來修直，植乃禾黍。自種自斂，服箱以走。輸入官倉，己不適口。富窮飽飢，功用不有。陷泥蹷塊，常在草野。人不慚愧，利滿天下。皮角見用，肩尻莫保。或穿緘縢，或實俎豆。由是觀之，物無踰者。

不如羸驢，服逐駑馬。曲意隨勢，不擇處所。不耕不駕，藿菽自與。騰踏康莊，出入輕舉。喜則齊鼻，怒則奮躑。當道長鳴，聞者驚辟。善識門户，終身不惕。

牛雖有功，于己何益？命有好醜，非若能力。慎勿怨尤，以受多福。

按：公之《瓶賦》《牛賦》，其辭皆有所託，當是謫永州後感憤而作。以牛自喻，謂牛有耕墾之勞，利滿天下，而終不得其所爲緘縢俎豆之用。雖有功于世，而無益于己。彼羸驢駑馬，曲意從人，而反得所安，終謂命有好醜，非若能力，皆感憤之辭也。東坡云：嶺外俗皆恬殺牛，海南爲甚。乃書子厚《牛賦》遺瓊州僧道贇，使曉諭之。即書此賦也。

## 解祟賦并序

柳子既謫，猶懼不勝其口，筮以《玄》，遇《干》之八。其贊曰：

『赤舌燒城，吐水于瓶。』其測曰：『君子解祟也。』喜而爲之賦。

胡赫炎薰熇之烈火兮，而生夫人之齒牙。上殫飛而莫遁，旁窮走而逾加。九泉焦枯而四海滲涸兮，紛揮霍而要遮。風雷唬唬以爲槖籥兮，回禄煽怒而喊呀。炖堪輿爲甗鏊兮，爇雲漢而成霞。鄧林大椿不足以充於燎兮，倒扶桑落棠膠轕而相叉。膏搖脣而增熾兮，焰掉舌而彌葩。沃無瓶兮撲無篲。金流玉鑠兮，曾不自比於塵沙。獨凄己而燠物，愈騰沸而骹齖。

吾懼夫灼爛灰滅之爲禍，往搜乎《太玄》之奥，訟衆正，訴群邪。曰：去爾中躁與外撓，姑務清爲室而静爲家。苟能是，則始也汝邇，今也汝遐。凉汝者進，烈汝者賒。譬之猶豁天淵而覆原燎，夫何長喙之紛拏。今汝不知清己之慮，而惡人之譁；不知静之爲勝，而動焉是嘉。徒遑遑乎狂奔而西傃，盛氣而長嗟。不亦遼乎！

於是釋然自得，以泠風濯熱，以清源滌瑕。履仁之實，去盜之夸。冠太清之玄冕，佩至道之瑶華。鋪沖虚以爲席，駕恬泊以爲車。瀏乎以遊於萬物者，始彼狙雌倏施，而以祟爲利者，夫何爲耶！

## 懲咎賦

懲咎愆以本始兮，孰非余心之所求？處卑污以閔世兮，固前志之爲尤。始余學而觀古兮，怪今昔之異謀。惟聰明爲可考兮，追駿步而遐游。潔誠之既信直兮，仁友藹而萃之。日施陳以繫縻兮，邀堯、舜與之爲師。上睢盱而混茫兮，下駁詭而懷私。旁羅列以交貫兮，求大中之所宜。曰道有象兮，而無其形。推變乘時兮，與志相迎。不及則殆兮，過則失貞。謹守而中兮，與時偕行。萬類芸芸兮，率由以寧。剛柔弛張兮，出入綸經。

登能抑枉兮，白黑濁清。蹈乎大方兮，物莫能嬰。

奉訏謨以植内兮，欣余志之有獲。再徵信乎策書兮，謂炯然而不惑。
愚者果於自用兮，惟懼夫誠之不一。不顧慮以周圖兮，專茲道以爲服。讒
姤構而不戒兮，猶斷斷於所執。哀吾黨之不淑兮，遭任遇之卒迫。勢危疑
而多詐兮，逢天地之否隔。欲圖退而保己兮，悼乖期乎曩昔。欲操術以致
忠兮，衆呀然而互嚇。進與退吾無歸兮，甘脂潤乎鼎鑊。幸皇鑒之明宥兮，
纍郡印而南適。惟罪大而寵厚兮，宜夫重仍乎禍讁。既明懼乎天討兮，又
幽慄乎鬼責。惶惶乎夜寤而晝駭兮，類麏麚之不息。

凌洞庭之洋洋兮，泝湘流之沄沄。飄風擊以揚波兮，舟摧抑而迴邅。
日霾曀以昧幽兮，黝雲涌而上屯。暮屑窣以淫雨兮，聽嗷嗷之哀猨。衆烏
萃而啾號兮，沸洲渚以連山。漂遥逐其詎止兮，逝莫屬余之形魂。攢巒奔

以紆委兮，東洶湧之崩湍。畔尺進而尋退兮，蕩洄汩乎淪漣。際窮冬而止居兮，羈纍莽以縈纏。

哀吾生之孔艱兮，循《凱風》之悲詩。罪通天而降酷兮，不殛死而生爲。逾再歲之寒暑兮，猶貿貿而自持。將沉淵而殞命兮，詎蔽罪以塞禍。惟滅身而無後兮，顧前志猶未可。進路呀以劃絶兮，退伏匿又不果。爲孤囚以終世兮，長拘攣而轗軻。曩余志之修謇兮，今何爲此戾也？夫豈貪食而盗名兮，不混同於世也。將顯身以直遂兮，衆之所宜蔽也。不擇言以危肆兮，固群禍之際也。御長轅之無橈兮，行九折之峨峨。却驚棹以横江兮，泝凌天之騰波。幸余死之已緩兮，完形軀之既多。苟餘齒之有懲兮，蹈前烈而不頗。死蠻夷固吾所兮，雖顯寵其焉加？配大中以爲偶兮，諒天命之謂何。

按：《唐書》本傳載此賦。曰：宗元不得召，内憫悼，悔念往咎，作賦自儆。蓋爲永州司馬時作也。晁太史取此賦於《續楚辭》，序曰：宗元竄斥崎嶇蠻瘴間，堙阨感鬱，一寓於文，爲離騷數十篇。懲咎者，悔志也。其言曰：『苟余齒之有懲兮，蹈前烈而不頗。』後之君子，欲成人之美者，讀而悲之。

## 閔生賦

閔吾生之險阨兮，紛喪志以逢尤。氣沉鬱以杳眇兮，涕浪浪而常流。膏液竭而枯居兮，魄離散而遠游。言不信而莫余白兮，雖遑遑欲焉求。合喙而隱志兮，幽默以待盡。爲與世而斥謬兮，固離披以顛隕。騏驥之棄辱兮，駑駘以爲騁。玄虬蹶泥兮，畏避鼃黽。行不容之崢嶸兮，質魁壘而無所隱。鱗介槁以橫陸兮，鴟嘯群而厲吻。心沉抑以不舒兮，形低摧而自愍。

肆余目於湘流兮，望九疑之垠垠。波淫溢以不返兮，蒼梧鬱其蜚雲。重華幽而野死兮，世莫得其僞真。屈子之悁微兮，抗危辭以赴淵。古固有此極憤兮，矧吾生之藐艱。列往則以考己兮，指斗極以自陳。登高邑而企踵兮，瞻故邦之殷轔。山水浩以蔽虧兮，路蓊勃以揚氛。空廬頹而不理兮，翳丘木之榛榛。塊窮老以淪放兮，匪魑魅吾誰鄰？

仲尼之不惑兮，有垂訓之謨言。孟軻四十乃始持心兮，猶希勇乎黝、賁。顧余質愚而齒減兮，宜觸禍以阽身。知徙善而革非兮，又何懼乎今之人。

噫！禹績之勤備兮，曾莫理夫兹川。殷、周之廓大兮，南不盡夫衡山。余囚楚、越之交極兮，邈離絶乎中原。壤汚潦以墳洳兮，蒸沸熱而恒昏。戲凫鸛乎中庭兮，蒹葭生於堂筵。雄虺蓄形於木杪兮，短狐伺景於深淵。

仰矜危而俯慄兮，弭日夜之拳攣。慮吾生之莫保兮，忝代德之元醇。孰眇軀之敢愛兮，竊有繼乎古先。明神之不欺余兮，庶激烈而有聞。冀後害之無辱兮，匪徒蓋乎曩愆。

按，《賦》云：『肆余目於湘流兮。』蓋在永州時作。又云『孟軻四十乃始持心兮』云云，『顧余質愚而齒減兮』云云，當是四十以前也。其諸元和五六年間作歟？

## 夢歸賦

罹擯斥以窘束兮，余惟夢之爲歸。精氣注以凝沍兮，循舊鄉而顧懷。夕余寐於荒陬兮，心慊慊而莫違。質舒解以自恣兮，息愔翳而愈微。欻騰踴而上浮兮，俄滉瀁之無依。圓方混而不形兮，顥醇白之霏霏。上茫茫而無星辰兮，下不見夫水陸。若有鉥余以往路兮，馭儗儗以回復。浮雲縱以直度兮，云濟余乎西北。風纚纚以經耳兮，類行舟迅而不息。洞然于以瀰漫兮，虹蜺羅列而傾側。横衝飆以盪擊兮，忽中斷而迷惑。靈幽漠以瀄汩兮，進怊悵而不得。白日邈其中出兮，陰霾披離以泮釋。施岳瀆以定位兮，互參差之白黑。忽崩騫上下兮，聊按行而自抑。指故都以委墜兮，瞰鄉閭之脩直。原田蕪穢兮，峥嶸榛棘。喬木摧解兮，垣廬不飾。山嵎嵎以巖立兮，水汩汩以漂激。魂恍惘若有亡兮，涕汪浪以隕軾。類曛黄之黯漠兮，欲周流而無所極。紛若喜而佁儗兮，心回互以壅塞。鍾鼓喤以戒旦兮，陶去幽而開寤。罾罻蒙其復體兮，孰云桎梏之不固？精誠之不可再兮，余無蹈夫歸路。

偉仲尼之聖德兮，謂九夷之可居。惟道大而無所入兮，猶流游乎曠野。老聃遁而適戎兮，指淳茫以縱步。蒙莊之恢怪兮，寓大鵬之遠去。苟遠適之若茲兮，胡爲故國之爲慕？

首丘之仁類兮，斯君子之所譽。鳥獸之鳴號兮，有動心而曲顧。膠余衷之莫能捨兮，雖判析而不悟。列茲夢以三復兮，極明昏而告訴。

按：公在永州，懷思鄉閭而作也。

## 囚山賦

楚越之郊環萬山兮，勢騰踴夫波濤。紛對迴合仰伏以離迾兮，若重墉之相褒。争生角逐上軼旁出兮，其下坼裂而爲壕。欣下頹以就順兮，曾不畝平而又高。沓雲雨而漬厚土兮，蒸鬱勃其腥臊。陽不舒以擁隔兮，群陰沍而爲曹。側耕危穫苟以食兮，哀斯民之增勞。攢林麓以爲叢棘兮，虎豹咆㘞代狴牢之吠嗥。胡井眢以管視兮，窮坎險其焉逃。顧幽昧之罪加兮，雖聖猶病夫嗷嗷。匪兕吾爲柙兮，匪豖吾爲牢。積十年莫吾省者兮，增蔽吾以蓬蒿。聖日以理兮，賢日以進，誰使吾山之囚吾兮滔滔？

按：永貞元年，公謫居永州。元和九年，有此賦。晁太史無咎序公此賦於《變騷》曰：《語》云：仁者樂山。自昔達人，有以朝市爲樊籠者矣，未聞以山林爲樊籠也。宗元謫南海久，厭山不可得而出，懷朝市不可得而復，丘壑草木之可愛者，皆陷穽也，故賦《囚山》。淮南小山之辭，亦言山中不可以久留，以謂賢人遠伏，非所宜爾，何至以幽獨爲狴牢，不可一日居哉？然終其意近《招隱》，故録之。

## 愈膏肓疾賦

景公夢疾膏肓，尚謂虛假，命秦緩以候問，遂俯伏于堂下。公曰：『吾今形體不衰，筋力未寡，子言其有疾者，何也？』秦緩乃窮神極思，曰：

『夫上醫療未萌之兆，中醫攻有兆之者。目定死生，心存取捨，亦猶卞和獻含璞之璧，伯樂相有孕之馬。然臣之遇疾，如泥之處埏，疾之遇臣，如金之在冶。雖九竅未擁，四支且安。膚腠營胃，外强中乾。精氣内傷，神沮脈殫。以熱益熱，以寒益寒。針灸不達，誠死之端。巫新麥以爲讖，果不得其所餐。』

公曰：『固知天賦性命，如彼暄寒，短不足悲，脩不足歡。哂彼醫兮，徒精厥術，如何爲之可覲？』醫乃勃然變色，攘袂而起：『子無讓我，我謂於子：我之技也，如石投水，如弦激矢。視生則生，視死則死。膏肓之疾不救，衰亡之國不理。巨川將潰，非捧土之能塞；大厦將崩，非一木之能止。斯言足以諭大，子今察乎孰是！』

爰有忠臣，聞之憤怨，忘廢寢食，擗摽感嘆：『生死浩浩，天地漫漫，綏之則壽，撓之則散。善養命者，鮐背鶴髮成童兒。善輔弼者，殷辛、夏桀爲周、漢。非藥曷以愈疾？非兵胡以定亂？喪亡之國，在賢哲之所扶匡；而忠義之心，豈膏肓之所羈絆？余能理亡國之刓弊，愈膏肓之患難，君謂之何以？』

醫曰：『夫八紘之外，六合之中，始自生靈，及乎昆蟲，神安則存，神喪則終。亦猶道之紊也，患出於邪佞；身之憊也，疾生於火風。彼膏肓之與顛覆，匪藥石而能攻者哉？』

因此而言曰：『余今變禍爲福，易曲成直。寧關天命，在我人力。以忠孝爲干櫓，以信義爲封殖。拯厥兆庶，綏乎社稷。一言而熒惑退舍，一揮而羲和匪昃。桑穀生庭而自滅，野雉雊鼎而自息。誠天地之無親，曷膏肓之能極？』醫者遂口噤心醉，跼斂茫然，投棄針石，匍匐而前：『吾謂治國在天，子謂治國在賢；吾謂命不可續，子謂命將可延。詎知國不足理，疾不足痊。佐荒淫爲聖主，保夭壽爲長年。皆正直之是與，庶將來之勉旃！』

按，成十年《左氏》：晉景公疾病，求醫於秦。秦伯使醫緩爲之。未至，公夢疾爲二豎子，曰：『彼良醫也，懼傷我焉。』其一曰：『居肓之上，膏之下，若我何！』醫至，曰：『疾不可爲也。』肓，鬲也。心下爲膏。公借此以論治國之理焉。晏元獻嘗親書此賦云：膚淺不類柳文，宜去之。或曰：公少時作也。肓，音荒。

## 封建論

天地果無初乎？吾不得而知之也。生人果有初乎？吾不得而知之也。然則孰爲近？曰：有初爲近。孰明之？由封建而明之也。彼封建者，更古聖王堯、舜、禹、湯、文、武而莫能去之。蓋非不欲去之也，勢不可也。勢之來，其生人之初乎？不初，無以有封建。封建，非聖人意也。

彼其初與萬物皆生，草木榛榛，鹿豕狉狉，人不能搏噬，而且無毛羽，莫克自奉自衛，荀卿有言『必將假物以爲用』者也。夫假物者必争，争而不已，必就其能斷曲直者而聽命焉。其智而明者，所伏必衆；告之以直而不改，必痛之而後畏；由是君長刑政生焉。故近者聚而爲群。群之分，其争必大，大而後有兵有德。又有大者，衆群之長又就而聽命焉，以安其屬，於是有諸侯之列。則其争又有大者焉。德又大者，諸侯之列又就而聽命焉，以安其封，於是有方伯、連帥之類。則其争又有大者焉。德又大者，方伯、連帥之類，又就而聽命焉，以安其人，然後天下會於一。是故有里胥而後有縣大夫，有縣大夫而後有諸侯，有諸侯而後有方伯、連帥，有方伯、連帥而後有天子。自天子至於里胥，其德在人者，死必求其嗣而奉之。故封建非聖人意也，勢也。

夫堯、舜、禹、湯之事遠矣，及有周而甚詳。周有天下，裂土田而瓜分之，設五等，邦群后，布濩星羅，四周于天下，輪運而輻集。合爲朝覲會同，離爲守臣扞城。然而降于夷王，害禮傷尊，下堂而迎覲者。歷于宣王，挾中興復古之德，雄南征北伐之威，卒不能定魯侯之嗣。陵夷迄於幽、厲，王室東徙，而自列爲諸侯矣。厥後，問鼎之輕重者有之，射王中肩者有之，伐凡伯、誅萇弘者有之，天下乖盭，無君君之心。余以爲周之喪久矣，徒建空名於公侯之上耳。得非諸侯之盛强，末大不掉之咎歟？遂判爲十二，合爲七國，威分于陪臣之邦，國殄于後封之秦。則周之敗端，其在乎此矣。

秦有天下，裂都會而爲之郡邑，廢侯衛而爲之守宰，據天下之雄圖，都六合之上游，攝制四海，運於掌握之内，此其所以爲得也。不數載而天下大壞，其有由矣。亟役萬人，暴其威刑，竭其貨賄。負鋤梃謫戍之徒，圜視而合從，大呼而成群。時則有叛人而無叛吏，人怨於下而吏畏於上，天下相合，殺守劫令而並起。咎在人怨，非郡邑之制失也。

漢有天下，矯秦之枉，徇周之制，剖海内而立宗子，封功臣。數年之間，奔命扶傷而不暇。困平城，病流矢，陵遲不救者三代。後乃謀臣獻畫，而離削自守矣。然而封建之始，郡國居半，時則有叛國而無叛郡。秦制之得，亦以明矣。繼漢而帝者，雖百代可知也。

唐興，制州邑，立守宰，此其所以爲宜也。然猶桀猾時起，虐害方域者，失不在於州而在於兵，時則有叛將而無叛州。州縣之設，固不可革也。

或者曰：『封建者，必私其土，子其人，適其俗，修其理，施化易也。守宰者，苟其心，思遷其秩而已，何能理乎？』余又非之。周之事跡，斷可見矣。列侯驕盈，黷貨事戎。大凡亂國多，理國寡。侯伯不得變其政，天子不得變其君。私土子人者，百不有一。失在於制，不在於政，周事然也。秦之事跡，亦斷可見矣。有理人之制，而不委郡邑，是矣；有理人之臣，而不使守宰，是矣。郡邑不得正其制，守宰不得行其理，酷刑苦役，而萬人側目。失在於政，不在於制。秦事然也。漢興，天子之政行於郡，不行於國；制其守宰，不制其侯王。侯王雖亂，不可變也；國人雖病，不可除也。及夫大逆不道，然後掩捕而遷之，勒兵而夷之耳。大逆未彰，奸利浚財，怙勢作威，大刻于民者，無如之何。及夫郡邑，可謂理且安矣。何以言之？且漢知孟舒於田叔，得魏尚於馮唐，聞黃霸之明審，睹汲黯之簡靖，拜之可也，復其位可也，卧而委之以輯一方可也。有罪得以黜，有能得以賞。朝拜而不道，夕斥之矣；夕受而不法，朝斥之矣。設使漢室盡城邑而侯王之，縱令其亂人，戚之而已。孟舒、魏尚之術，莫得而施；黄霸、汲黯之化，莫得而行。明譴而導之，拜受而退已違矣。下令而削之，締交合從之謀，周于同列，則相顧裂眦，勃然而起。幸而不起，則削其半。削其半，民猶瘁矣，曷若舉而移之以全其人乎？漢事然也。今國家盡制郡邑，連置守宰，其不可變也固矣。善制兵，謹擇守，則理平矣。

或者又曰：『夏、商、周、漢封建而延，秦郡邑而促。』尤非所謂知理者也。魏之承漢也，封爵猶建。晋之承魏也，因循不革。而二姓陵替，不聞延祚。今矯而變之，垂二百祀，大業彌固，何繫於諸侯哉？

或者又以爲：『殷、周，聖王也，而不革其制，固不當復議也。』是大不然。夫殷、周之不革者，是不得已也。蓋以諸侯歸殷者三千焉，資以黜夏，湯不得而廢；歸周者八百焉，資以勝殷，武王不得而易。徇之以爲安，仍之以爲俗，湯、武之所不得已也。夫不得已，非公之大者也，私其力於己也，私其衛於子孫也。秦之所以革之者，其爲制，公之大者也；其情，私也，私其一己之威也，私其盡臣畜於我也。然而公天下之端自秦始。

夫天下之道，理安，斯得人者也。使賢者居上，不肖者居下，而後可以理安。今夫封建者，繼世而理。繼世而理者，上果賢乎？下果不肖乎？則生人之理亂未可知也。將欲利其社稷，以一其人之視聽，則又有世大夫世食禄邑，以盡其封略。聖賢生于其時，亦無以立於天下，封建者爲之也。豈聖人之制使至於是乎？吾固曰：『非聖人之意也，勢也。』

# 晋文公問守原議

晋文公既受原於王，難其守。問寺人敎鞮，以畀趙衰。余謂守原，政之大者也，所以承天子，樹霸功，致命諸侯，不宜謀及媟近，以忝王命。而晋君擇大任，不公議於朝，而私議於宫。不博謀於卿相，而獨謀於寺人。雖或衰之賢足以守，國之政不爲敗，而賊賢失政之端，由是滋矣。況當其時不乏言議之臣乎？狐偃爲謀臣，先軫將中軍，晋君疏而不咨，外而不求，乃卒定於内竪，其可以爲法乎？且晋君將襲齊桓之業，以翼天子，乃大志也。然而齊桓任管仲以興，進竪刁以敗。則獲原啓疆，適其始政，所以觀示諸侯也，而乃背其所以興，跡其所以敗。然而能霸諸侯者，以土則大，以力則强，以義則天子之册也。誠畏之矣，烏能得其心服哉！其後景監得以相衛鞅，弘、石得以殺望之，誤之者晉文公也。

嗚呼！得賢臣以守大邑，則問非失舉也，蓋失問也。然猶羞當時陷後代若此，况於問與舉又兩失者，其何以救之哉？余故著晉君之罪，以附《春秋》許世子止、趙盾之義。

按：唐自德宗懲艾泚賊，故以左右神策、天威等軍，委宦者主之，置護軍中尉、中護軍，分提禁兵，威柄下遷，政在宦人。其視晉文問原守於寺人尤甚。公此議雖曰論晉文之失，其意實憫當時宦者之禍。逮憲宗元和十五年，而陳弘志之亂作，公之先見，至是驗矣。

## 駁復讎議

臣伏見天后時，有同州下邽人徐元慶者，父爽爲縣尉趙師韞所殺，卒能手刃父讎，束身歸罪。當時諫臣陳子昂建議誅之而旌其閭，且請編之於令，永爲國典。臣竊獨過之。

臣聞禮之大本，蓋以防亂也，若曰無爲賊虐，凡爲子者殺無赦；刑之大本，亦以防亂也，若曰無爲賊虐，凡爲治者殺無赦。其本則合，其用則異，旌與誅莫得而並焉。誅其可旌，茲謂濫，黷刑甚矣；旌其可誅，茲謂僭，壞禮甚矣。果以是示于天下，傳于後代，趨義者不知所以向，違害者不知所以立，以是爲典可乎？

蓋聖人之制，窮理以定賞罰，本情以正褒貶，統於一而已矣。嚮使刺讞其誠僞，考正其曲直，原始而求其端，則刑禮之用，判然離矣。何者？若元慶之父，不陷於公罪，師韞之誅，獨以其私怨，奮其吏氣，虐于非辜，州牧不知罪，刑官不知問，上下蒙冒，籲號不聞；而元慶能以戴天爲大耻，枕戈爲得禮，處心積慮，以衝讎人之胸，介然自克，即死無憾，是守禮而行義也。執事者宜有慚色，將謝之不暇，而又何誅焉？其或元慶之父，不免於罪，師韞之誅，不愆於法，是非死於吏也，是死於法也。法其可讎乎？讎天子之法，而戕奉法之吏，是悖驁而凌上也。執而誅之，所以正邦典，而又何旌焉？

且其議曰：『人必有子，子必有親，親親相讎，其亂誰救？』是惑於禮也甚矣。禮之所謂讎者，蓋以冤抑沉痛而號無告也；非謂抵罪觸法，陷于大戮。而曰『彼殺之，我乃殺之』，不議曲直，暴寡脅弱而已。其非經背聖，不亦甚哉！《周禮》：『調人，掌司萬人之讎。』『凡殺人而義者，令勿讎，讎之則死。』『有反殺者，邦國交讎之。』又安得親親相讎也？《春秋公羊傳》曰：『父不受誅，子復讎可也。父受誅，子復讎，此推刃之道。復讎不除害。』今若取此以斷兩下相殺，則合於禮矣。且夫不忘讎，孝也；不愛死，義也。元慶能不越於禮，服孝死義，是必達理而聞道者也。夫達理聞道之人，豈其以王法爲敵讎者哉？議者反以爲戮，黷刑壞禮，其不可以爲典，明矣。

請下臣議，附于令。有斷斯獄者，不宜以前議從事。謹議。

## 桐葉封弟辯

古之傳者有言，成王以桐葉與小弱弟，戲曰：『以封汝。』周公入賀。王曰：『戲也。』周公曰：『天子不可戲。』乃封小弱弟於唐。

吾意不然。王之弟當封耶？周公宜以時言於王，不待其戲而賀以成之也。不當封耶？周公乃成其不中之戲，以地以人與小弱者爲之主，其得爲聖乎？且周公以王之言，不可苟焉而已，必從而成之耶？設有不幸，王以桐葉戲婦寺，亦將舉而從之乎？凡王者之德，在行之何若。設未得其當，雖十易之不爲病。要於其當，不可使易也，而況以其戲乎？若戲而必行之，是周公教王遂過也。

吾意周公輔成王，宜以道，從容優樂，要歸之大中而已，必不逢其失而爲之辭。又不當束縛之，馳驟之，使若牛馬然，急則敗矣。且家人父子尚不能以此自克，況號爲君臣者耶？是直小丈夫缺缺者之事，非周公所宜用，故不可信。

或曰：封唐叔，史佚成之。

按，《史記·晋世家》：成王與叔虞戲，削桐葉爲珪，以與叔虞曰：『以此封若。』史佚因請擇日立之。成王曰：『吾與之戲耳。』史佚曰：『天子無戲言。』於是遂封叔虞於唐。此則桐葉封弟，史佚成之，明矣。若曰周公入賀，《史》不之見。

# 箕子碑

凡大人之道有三：一曰正蒙難，二曰法授聖，三曰化及民。殷有仁人曰箕子，實具兹道，以立于世。故孔子述六經之旨，尤殷懃焉。當紂之時，大道悖亂，天威之動不能戒，聖人之言無所用。進死以併命，誠仁矣，無益吾祀，故不爲，委身以存祀，誠仁矣，與去吾國，故不忍。具是二道，有行之者矣。是用保其明哲，與之俯仰，晦是謨範，辱於囚奴，昏而無邪，隤而不息。故在《易》曰『箕子之明夷』，正蒙難也。及天命既改，生人以正。乃出大法，用爲聖師，周人得以序彝倫而立大典。故在《書》曰『以箕子歸，作《洪範》』，法授聖也。及封朝鮮，推道訓俗，惟德無陋，惟人無遠，用廣殷祀，俾夷爲華，化及民也。率是大道，藂于厥躬，天地變化，我得其正，其大人歟？

於虖！當其周時未至，殷祀未殄，比干已死，微子已去，向使紂惡未稔而自斃，武庚念亂以圖存，國無其人，誰與興理？是固人事之或然者也。然則先生隱忍而爲此，其有志於斯乎？唐某年作廟汲郡，歲時致祀。嘉先生獨列於《易》象，作是頌云：

蒙難以正，授聖以謨。宗祀用繁，夷民其蘇。憲憲大人，顯晦不渝。聖人之仁，道合隆污。明哲在躬，不陋爲奴。沖讓居禮，不盈稱孤。高而無危，卑不可踰。非死非去，有懷故都。時詘而伸，卒爲世模。《易》象是列，文王爲徒。大明宣昭，崇祀式孚。古闕頌辭，繼在後儒。

按：箕子名胥餘，紂之諸父。

# 唐故特進贈開府儀同三司揚州大都督南府君睢陽廟碑 并序

急病讓夷義之先，圖國忘死貞之大。利合而動，乃市賈之相求；恩加而感，則報施之常道。睢陽所以不階王命，横絶凶威，超千祀而挺生，奮百代而特立者也。

時惟南公，天與拳勇，神資機智，藝窮百中，豪出千人。不遇興詞，鬱龙眉之都尉；數奇見惜，挫猨臂之將軍。

天寶末，寇劇憑陵，隳突河、華。天旋虧斗極之位，地圮積狐狸之穴。親賢在庭，子駿陳謨以佐命；元老用武，夷甫委師而勸進。惟公與南陽張公巡、高陽許公遠，義氣懸合，訏謀大同。誓鳩武旅，以遏横潰。裂裳而千里來應，左袒而一呼皆至。杜厲不知而死難，狼瞫見黜而奔師。忠謀朗然，萬夫齊力。公以推讓，且專奮擊，爲馬軍兵馬使。出戰則群校同强，入守而百雉齊固。初據雍丘，謂非要害。將保江、淮之臣庶，通南北之奏復，拔我義類，扼於睢陽。前後捕斬要遮，凶氣連沮。漢兵已絶，守疏勒而彌堅；虜騎雖强，頓盱眙而不進。

賊徒乃棄疾於我，悉衆合圍。技雖窮於九攻，志益專於三板。偪陽懸布之勁，汧城鑿穴之奇。息意牽羊，羞鄭師之大臨；甘心易子，鄙宋臣之病告。諸侯環顧而莫救，國命阻絶而無歸。以有盡之疲人，敵無已之强寇。公乃躍馬潰圍，馳出萬衆，抵賀蘭進明乞師。進明乃張樂侑食，以好聘待之。公曰：『敝邑父子相食，而君辱以燕禮，獨何心歟？』乃自噬其指曰：『噉此足矣！』遂慟哭而返，即死孤城。首碎秦庭，終懵《無衣》之賦；身離楚野，徒傷帶劍之辭。至德二年十月，城陷遇害。無傅燮之嘆息，有周苛之慷慨。聞義能徙，果其初心。烈士抗詞，痛臧洪之同日；直臣致憤，惜蔡恭於累旬。

朝廷加贈特進揚州大都督，功定爲第一等，與張氏、許氏並立廟睢陽，歲時致祭。男在襁褓，皆受顯秩，賜之土田。葬刻鮑信之形，陵圖龐德之狀。納宦其子，見勾踐之心；羽林字孤，知孝武之志。舉門關於周典，徵印綬於漢儀。王猷以光，寵錫斯備。

於戲！睢陽之事，不唯以能死爲勇，善守爲功；所以出奇以耻敵，立懂以怒寇，俾其專力於東南，而去備於西北，力專則堅城必陷，備去則天討可行。是故即城陷之辰，爲剋敵之日。世徒知力保於江、淮，而不知功靖乎醜虜。論者或未之思歟！

公諱霽雲，字某，范陽人。有子曰承嗣，七歲爲婺州別駕，賜緋魚袋，歷刺施、涪二州。服忠思孝，無替負荷。懼祠宇久遠，德音不形，願斲堅石，假辭紀美。惟公信以許其友，剛以固其志，仁以殘其肌，勇以振其氣，忠以摧其敵，烈以死其事，出乎内者合於貞，行乎外者貫於義，是其所以奮百代而超千祀者矣。其志不亦宜乎？廟貌斯存，碑表攸託。洛陽城下，思鄉之夢儻來；麒麟閣中，即圖之詞可繼。銘曰：

貞以圖國，義惟急病。臨難忘身，見危致命。漢寵死事，周崇死政。烈烈南公，忠出其性。控扼地利，奮揚兵柄。東護吴、楚，西臨周、鄭。婪婪群凶，害氣彌盛。長蛇封豕，踴躍不定。屹彼睢陽，制其要領。横潰不流，疾風斯勁。梯衝外舞，缶穴中偵。鈐馬非艱，析骸猶競。浩浩列士，不聞濟師。兵食殲焉，守逾三時。公奮其勇，單車載馳。投軀無告，噬指而歸。力窮就執，猶抗其辭。圭璧可碎，堅貞不虧。寇力東盡，兇威西悉。孤城既拔，渠魁受戮。雷霆之誅，由我而速。巢穴之固，由我而覆。江、漢、淮、湖，群生咸育。倬焉勳烈，孰與齊躅？天子震悼，陟是元功。旌褒有加，命秩斯崇。位尊九牧，禮視三公。建兹祠宇，式是形容。牲牢伊碩，黍稷伊豐。虔虔孝嗣，望慕無窮。刊碑河滸，萬古英風。

按：南府君，名霽雲，魏州頓丘人。禄山反，張巡、許遠守睢陽，遣霽雲乞師於賀蘭進明，不果如請。事詳碑中。霽雲還入城。十月，城陷，與巡等同被害。初贈開府儀同三司，再贈揚州大都督。

## 段太尉逸事狀

太尉始爲涇州刺史時，汾陽王以副元帥居蒲，王子晞爲尚書，領行營節度使，寓軍邠州，縱士卒無賴。邠人偷嗜暴惡者，卒以貨竄名軍伍中，則肆志，吏不得問。日群行丐取於市，不嗛，輒奮擊折人手足，椎釜鬲甕盎盈道上，袒臂徐去，至撞殺孕婦人。邠寧節度使白孝德以王故，戚不敢言。

太尉自州以狀白府，願計事，至則曰：『天子以生人付公理，公見人被暴害，因恬然，且大亂，若何？』孝德曰：『願奉教。』太尉曰：『某爲涇州甚適，少事，今不忍人無寇暴死，以亂天子邊事。公誠以都虞候命某者，能爲公已亂，使公之人不得害。』孝德曰：『幸甚！』如太尉請。既署一月，晞軍士十七人入市取酒，又以刃刺酒翁，壞釀器，酒流溝中。太尉列卒取十七人，皆斷頭注槊上，植市門外。晞一營大譟，盡甲。孝德震恐，召太尉曰：『將奈何？』太尉曰：『無傷也。請辭於軍。』孝德使數十人從太尉，太尉盡辭去，解佩刀，選老躄者一人持馬，至晞門下。甲者出，太尉笑且入曰：『殺一老卒，何甲也？吾戴吾頭來矣。』甲者愕。因諭曰：『尚書固負若屬耶？副元帥固負若屬耶？奈何欲以亂敗郭氏？爲白尚書，出聽我言。』晞出，見太尉。太尉曰：『副元帥勳塞天地，當務始終。今尚書恣卒爲暴，暴且亂，亂天子邊，欲誰歸罪？罪且及副元帥。今邠人惡子弟以貨竄名軍籍中，殺害人，如是不止，幾日不大亂？大亂由尚書出，人皆曰尚書倚副元帥不戢士，然則郭氏功名，其與存者幾何？』言未畢，晞再拜曰：『公幸教晞以道，恩甚大，願奉軍以從。』顧叱左右曰：『皆解甲，散還火伍中，敢譁者死！』太尉曰：『吾未晡食，請假設草具。』既食，曰：『吾疾作，願留宿門下。』命持馬者去，旦日來。遂臥軍中。晞不解衣，戒候卒擊柝衛太尉。旦，俱至孝德所，謝不能，請改過。邠州由是無禍。

先是，太尉在涇州，爲營田官。涇大將焦令諶取人田，自占數十頃，給與農，曰：『且熟，歸我半。』是歲大旱，野無草，農以告諶。諶曰：『我知入數而已，不知旱也。』督責益急。且飢死，農無以償，即告太尉。太尉判狀，辭甚巽，使人來諭諶。諶盛怒，召農者曰：『我畏段某耶？何敢言我？』取判鋪背上，以大杖擊二十，垂死，輿來庭中。太尉大泣曰：『乃我困汝。』即自取水洗去血，裂裳衣瘡，手注善藥，旦夕自哺農者，然後食。取騎馬賣，市穀代償，使勿知。淮西寓軍帥尹少榮，剛直士也，入見諶，大罵曰：『汝誠人耶？涇州野如赭，人且飢死，而必得穀，又用大杖擊無罪者。段公，仁信大人也，而汝不知敬。今段公唯一馬，賤賣市穀入汝，汝又取不耻。凡爲人，傲天災、犯大人、擊無罪者，又取仁者穀，使主人出無馬，汝將何以視天地，尚不愧奴隸耶？』諶雖暴抗，然聞言則大愧流汗，不能食，曰：『吾終不可以見段公。』一夕自恨死。

及太尉自涇州以司農徵，戒其族：『過岐，朱泚幸致貨幣，慎勿納。』及過，泚固致大綾三百匹，太尉壻韋晤堅拒，不得命。至都，太尉怒曰：『果不用吾言。』晤謝曰：『處賤，無以拒也。』太尉曰：『然終不以在吾第。』以綾如司農治事堂，棲之梁木上。泚反，太尉終，吏以告泚，泚取視，其故封識具存。

太尉逸事如右。

元和九年月日，永州司馬員外置同正員柳宗元謹上史館。今之稱太尉大節者，以爲武人，一時奮不慮死，以取名天下，不知太尉之所立如是。宗元嘗出入岐、周、邠、斄間，過真定，北上馬嶺，歷亭鄣堡戍，竊好問老校退卒，能言其事。太尉爲人姁姁，常低首拱手行步，言氣卑弱，未嘗以色待物，人視之，儒者也。遇不可，必達其志，決非偶然者。會州刺史崔公來，言信行直，備得太尉遺事，覆校無疑。或恐尚逸墜，未集太史氏，敢以狀私於執事。謹狀。

按：段太尉，秀實也，字成公。《新》《舊史》皆有傳。此狀，公元和九年在永州作。集又有《與史官韓愈致段太尉逸事書》。狀當在書之先云。

## 愚溪對

柳子名愚溪而居。五日，溪之神夜見夢曰：『子何辱予，使予爲愚耶？

有其實者，名固從之，今予固若是耶？予聞閩有水，生毒霧厲氣，中之者，温屯嘔泄，藏石走瀨，連艫糜解。有魚焉，鋸齒鋒尾而獸蹄，是食人，必斷而躍之，乃仰噬焉。故其名曰惡溪。西海有水，散涣而無力，不能負芥，投之則委靡墊没，及底而後止，故其名曰弱水。秦有水，掎汩泥淖，撓混沙礫，視之分寸，眙若睨壁，淺深險易，昧昧不覿，乃合清渭，以自彰穢跡，故其名曰濁涇。雍之西有水，幽險若漆，不知其所出，故其名曰黑水。夫惡弱，六極也；濁黑，賤名也。彼得之而不辭，窮萬世而不變者，有其實也。今予甚清與美，爲子所喜，而又功可以及圃畦，力可以載方舟，朝夕者濟焉。子幸擇而居予，而辱以無實之名，以爲愚，卒不見德而肆其誣，豈終不可革耶？』

柳子對曰：『汝誠無其實，然以吾之愚而獨好汝，汝惡得避是名耶！

且汝不見貪泉乎？有飲而南者，見交趾寶貨之多，光溢於目，思以兩手左右攫而懷之，豈泉之實耶？過而往貪焉，猶以爲名，今汝獨招愚者居焉，久留而不去，雖欲革其名，不可得矣。夫明王之時，智者用，愚者伏。用者宜邇，伏者宜遠。今汝之託也，遠王都三千餘里，側僻迴隱，蒸鬱之與曹，螺蜯之與居。唯觸罪擯辱愚陋黜伏者，日侵侵以遊汝，闖闖以守汝。汝欲爲智乎？胡不呼今之聰明皎厲，握天子有司之柄以生育天下者，使一經於汝，而唯我獨處？汝既不能得彼，而見獲於我，是則汝之實也。當汝爲愚而猶以爲誣，寧有説耶？』

曰：『是則然矣。敢問子之愚何如而可以及我？』柳子曰：『汝欲窮我之愚説耶？雖極汝之所往，不足以申吾喙；涸汝之所流，不足以濡吾翰。姑示子其略：吾茫洋乎無知，冰雪之交，衆裘我絺；溽暑之鑠，衆從之風，而我從之火。吾蕩而趨，不知太行之異乎九衢，以敗吾車；吾放而游，不知吕梁之異乎安流，以没吾舟。吾足蹈坎井，頭抵木石，衝冒榛棘，僵仆虺蜴，而不知怵惕。何喪何得，進不爲盈，退不爲抑，荒凉昏默，卒不自克。此其大凡者也。願以是污汝，可乎？』

於是溪神深思而嘆曰：『嘻！有餘矣，其及我也。』因俯而羞，仰而吁，涕泣交流，舉手而辭。一晦一明，覺而莫知所之。遂書其對。

按，集有《愚溪詩序》云：『灌水之陽有溪，東流入瀟水，名冉溪。余謫瀟水上，改之爲愚溪。』《愚溪對》作於永州明矣。晁太史無咎取以附《變騷》。其系曰宗元之所作，亦《對襄王》《答客難》之義而託之神也。然嘗論宗元固不愚，夫安能使溪愚哉？竭其智以近利而不獲，既困矣，而始曰我愚。宗元之困，豈愚罪耶？

# 對賀者

柳子以罪貶永州，有自京師來者，既見，曰：『余聞子坐事斥逐，余適將唁子。今余視子之貌，浩浩然也，能是達矣，余無以唁矣，敢更以爲賀。』柳子曰：『子誠以貌乎則可也，然吾豈若是而無志者耶？姑以戚戚爲無益乎道，故若是而已耳。吾之罪大，會主上方以寬理人，用和天下，故吾得在此。凡吾之貶斥，幸矣，而又戚戚焉，何哉？夫爲天子尚書郎，謀畫無所陳，而群比以爲名。蒙耻遇僇，以待不測之誅。苟人爾，有不汗栗危厲偲偲然者哉！吾嘗静處以思，獨行以求，自以上不得自列於聖朝，下無以奉宗祀，近丘墓，徒欲苟生幸存，庶幾似續之不廢。是以儻蕩其心，倡佯其形，茫乎若昇高以望，潰乎若乘海而無所往，故其容貌如是。子誠以浩浩而賀我，其孰承之乎？嘻笑之怒，甚乎裂眦；長歌之哀，過乎慟哭。庸詎知吾之浩浩，非戚戚之尤者乎？子休矣。』

## 答問

有問柳先生者曰：『先生貌類學古者，然遭有道不能奮厥志，獨被罪辜，廢斥伏匿。交遊解散，羞與爲戚，生平嚮慕，毁書滅跡。他人有惡，指誘增益，身居下流，爲謗藪澤。罵先生者不忌，陵先生者無讁。遇揖目動，聞言心惕，時行草野，不知何適。獨何劣耶？觀今之賢智，莫不舒翹揚英，推類援朋，疊足天庭，魁壘恢張，群驅連行。奇謀高論，左右抗聲，出入翕忽，擁門填扃，一言出口，流光垂榮。豈非偉耶？先生雖讀古人書，自謂知理道，識事機，而其施爲若是其悖也！狼狽擯僇，何以自表於今之世乎？』先生答曰：『敬聞命。然客言僕知理道、識事機，過矣。僕懵夫屈伸去就，觸罪受辱，幸得聯支體、完肌膚，猶食人之食，衣人之衣，用人之貨，無耕織居販，然而活給羞愧恐慄之不暇，今客又推當世賢智以深致誚責，吾縲囚也，逃山林入江海無路，其何以容吾軀乎？願客少假聲氣，使得詳其心、次其論。』

客曰：『何敢？』先生曰：『僕少嘗學問，不根師説，心信古書，以爲凡事皆易，不折之以當世急務，徒知開口而言，閉目而息，挺而行，躓而伏，不窮喜怒，不究曲直，衝羅陷穽，不知顛蹈，愚蠢狂悖，若是甚矣。又何以恭客之教而承厚德哉？今之世，工拙不欺，賢不肖明白。其顯進者，語其德，則皆茫洋深閎，端貞鯁亮，苞并涵養，與道俱往。而僕乃蹇淺窄僻，跳浮嚄唶，抵瑕陷厄，固不足以趑趄批捩而追其跡。舉其理，則皆謨明淵沉，剖微窮深，劈析是非，校度古今。而僕乃緘鉗默塞，耗眊窒惑，抉異探怪，起幽作匿，攸攸恤恤，卒自慨賊，固不足以睢盱激昂而效其則。言其學，則皆總攬羅絡，橫竪雜博，天旋地縮，鬼神交錯。而僕乃單庸撇莩，離疏空虛，竊聽道塗，顓囂蒙愚，不知所如，固不足以抗顏搖舌而與之俱。稱其文，則皆汗漫輝煌，呼噓陰陽，轇轕三光，陶鎔帝皇。而僕乃朴鄙艱澀，培塿潗湁，毫聯縷緝，塵出坱入，固不足以攄摛踴躍而涉其級。兹四者懸判，雖庸童小女，皆知其不及，而又裹以罪惡，纏以羈縶，客從而擠之，不亦忍乎？且夫白羲、騄耳之得康莊也，逐奔星，先飄風，而跛驢不出泥滓。黄鐘、元間之登清廟也，鏗天地，動神祇，而嗚嗚咬哇，不入里耳。西子、毛嬙之蹈後宫也，曒朝日，焕浮雲，而無鹽逐於鄉里。蛟龍之騰於天淵也，彌六合，澤萬物，而蝦與蛭不離尺水。卓詭倜儻之士之遇明世也，用智能，顯功烈，而麽眇連蹇，顛頓披靡，固其所也。客又何怪哉？且夫一涉險阨黴而不再者，烈士之志也；知其不可而速已者，君子之事也。吾將竊取之，以没吾世，不亦可乎？」

乃歌曰：『堯、舜之修兮，禹、益之憂兮。能者任而愚者休兮。躚躚蓬藋，樂吾囚兮。文墨之彬彬，足以舒吾愁兮。已乎已乎，曷之求乎！』

客乃笑而去。

按：公永貞元年九月，自監察御史坐王叔文黨，黜爲邵州刺史。十一月，改永州司馬。當是到永後作也。

## 起廢答

柳先生既會州刺史，即治事，還，游于愚溪之上。溪上聚黧老壯齒，十有一人，謖足以進，列植以慶。卒事，相顧加進而言曰：『今兹是州，起廢者二焉，先生其聞而知之歟？』答曰：『誰也？』曰：『東祠躄浮圖，中厩病顙之駒。』

曰：『若是何哉？』曰：『凡爲浮圖道者，都邑之會必有師，師善爲律，以敕戒始學者與女釋者，甚尊嚴，且優游。躄浮圖有師道，少而病躄，日愈以劇，居東祠十年，扶服輿曳，未嘗及人，側匿愧恐殊甚。今年，他有師道者悉以故去，始學者與女釋者倀倀無所師，遂相與出躄浮圖以爲師，盥濯之，扶持之，壯者執輿，幼者前驅，被以其衣，導以其旗，怵惕疾視，引且翼之。躄浮圖不得已，凡師數百生。日饋飲食，時獻巾帨，洋洋也，舉莫敢踰其制。中厩病顙之駒，顙之病亦且十年，色玄不厖，無異技，硜然大耳。然以其病，不得齒他馬。食斥棄異皂，恒少食，屏立擯辱，掣頓異甚，垂首披耳，懸涎屬地，凡厩之馬，無肯爲伍。會今刺史以御史中丞來涖吾邦，屏棄群駟，舟以泝江，將至，無以爲乘。厩人咸曰：「病顙駒大而不厖，可秣飾焉；他馬巴、僰庳狹，無可當吾刺史者。」於是衆牽駒上燥土大廡下，薦之席，縻之絲，浴剔蚤鬋，刮惡除洟；莝以雕胡，秣以香萁；錯貝鱗纕，鋈金文羈；絡以和鈴，纓以朱綏；或膏其鬣，或劘其脽；御夫盡飾，然後敢持。除道履石，立之水涯；幢旟前羅，杠蓋後隨；千夫翼衛，當道上馳；抗首出臆，震奮遨嬉。當是時，若有知也，豈不曰宜乎？』

先生曰：『是則然矣，叟將何以教我？』黧老進曰：『今先生來吾州亦十年，足軼疾風，鼻知膻香，腹溢儒書，口盈憲章，包今統古，進退齊良，然而一廢不復，曾不若躄足涎顙之猶有遺也。朽人不識，敢以其惑，願質之先生。』先生笑且答曰：『叟過矣！彼之病，病乎足與顙也；吾之病，病乎德也。又彼之遭，遭其無耳。今朝廷洎四方，豪傑林立，謀猷川行，群談角智，列坐争英，披華發輝，揮喝雷霆，老者育德，少者馳聲，丱角羈貫，排厠鱗征，一位暫缺，百事交并，駢倚懸足，曾不得逞，不若是州之乏釋師大馬也。而吾以德病伏焉，豈躄足涎顙之可望哉？叟之言過昭昭矣，無重吾罪！』於是黧老壯齒，相視以喜，且吁曰：『諭之矣！』拱揖而旋，爲先生病焉。

按：亦永州未召時作。

## 天説

韓愈謂柳子曰：『若知天之説乎？吾爲子言天之説。今夫人有疾痛、倦辱、飢寒甚者，因仰而呼天曰：「殘民者昌，佑民者殃！」又仰而呼天曰：「何爲使至此極戾也？」若是者，舉不能知天。夫果蓏、飲食既壞，蟲生之。人之血氣敗逆壅底，爲癰瘍、疣贅、瘻痔，亦蟲生之。木朽而蝎中，草腐而螢飛，是豈不以壞而後出耶？物壞，蟲由之生；元氣陰陽之壞，人由之生。蟲之生而物益壞，食嚙之，攻穴之，蟲之禍物也滋甚。其有能去之者，有功於物者也；繁而息之者，物之讎也。人之壞元氣陰陽也亦滋甚：墾原田，伐山林，鑿泉以井飲，窾墓以送死，而又穴爲偃溲，築爲墻垣、城郭、臺榭、觀游，疏爲川瀆、溝洫、陂池，燧木以燔，革金以鎔，陶甄琢磨，悴然使天地萬物不得其情，倖倖衝衝，攻殘敗撓而未嘗息。其爲禍元氣陰陽也，不甚於蟲之所爲乎？吾意有能殘斯人使日薄歲削，禍元氣陰陽者滋少，是則有功於天地者也；繁而息之者，天地之讎也。今夫人舉不能知天，故爲是呼且怨也。吾意天聞其呼且怨，則有功者受賞必大矣，其禍焉者受罰亦大矣。子以吾言爲何如？』

柳子曰：『子誠有激而爲是耶？則信辯且美矣。吾能終其說。彼上而玄者，世謂之天；下而黄者，世謂之地；渾然而中處者，世謂之元氣；寒而暑者，世謂之陰陽。是雖大，無異果蓏、癰痔、草木也。假而有能去其攻穴者，是物也，其能有報乎？蕃而息之者，其能有怒乎？天地，大果蓏也；元氣，大癰痔也；陰陽，大草木也：其烏能賞功而罰禍乎？功者自功，禍者自禍，欲望其賞罰者大謬。呼而怨，欲望其哀且仁者，愈大謬矣。子而信子之仁義以遊其内，生而死爾，烏置存亡得喪於果蓏、癰痔、草木耶？』

按：韓文公登華而哭，有悲絲泣歧之意，惟沈顔能知之。今其言曰，人能賊元氣陰陽而殘人者則有功。蓋有激而云。柳子因而爲之説，謂天地元氣陰陽不能賞功而罰惡。要其歸，欲以仁義自信，其説當矣。然曰天不能賞罰善惡者，何自而勸沮乎？韓文公曰：今之言性者，雜佛老而言。正爲柳子設也。劉禹錫云：子厚作《天説》以折退之之言，非所以盡天人之際，故作《天論》三篇以極其辯。然公繼與禹錫書云：凡子之論，乃吾《天説》注疏耳。

## 捕蛇者説

永州之野産異蛇，黑質而白章，觸草木盡死，以嚙人，無禦之者。然得而腊之以爲餌，可以已大風、攣踠、瘻、癘，去死肌，殺三蟲。其始，太醫以王命聚之，歲賦其二，募有能捕之者，當其租入，永之人争奔走焉。

有蔣氏者，專其利三世矣。問之，則曰：『吾祖死於是，吾父死於是，今吾嗣爲之十二年，幾死者數矣。』言之，貌若甚慼者。余悲之，且曰：『若毒之乎？余將告于蒞事者，更若役，復若賦，則何如？」

蔣氏大戚，汪然出涕曰：「君將哀而生之乎？則吾斯役之不幸，未若復吾賦不幸之甚也。嚮吾不爲斯役，則久已病矣。自吾氏三世居是鄉，積於今六十歲矣，而鄉鄰之生日蹙。殫其地之出，竭其廬之入，號呼而轉徙，飢渴而頓踣，觸風雨，犯寒暑，呼噓毒癘，往往而死者相藉也。曩與吾祖居者，今其室十無一焉；與吾父居者，今其室十無二三焉；與吾居十二年者，今其室十無四五焉，非死即徙爾。而吾以捕蛇獨存。悍吏之來吾鄉，叫囂乎東西，隳突乎南北，譁然而駭者，雖鷄狗不得寧焉。吾恂恂而起，視其缶，而吾蛇尚存，則弛然而卧。謹食之，時而獻焉。退而甘食其土之有，以盡吾齒。蓋一歲之犯死者二焉，其餘則熙熙而樂，豈若吾鄉鄰之旦旦有是哉！今雖死乎此，比吾鄉鄰之死則已後矣，又安敢毒耶！」

余聞而愈悲。孔子曰：『苛政猛於虎也。』吾嘗疑乎是，今以蔣氏觀之，猶信。嗚呼！孰知賦斂之毒，有甚是蛇者乎！故爲之說，以俟夫觀人風者得焉。

按：公謫永州時作。謂當時賦斂毒民，其烈如是。苛政猛於虎，孔子過泰山之言也。泰山屬於魯，是時魯之政可謂苛矣。毒賦甚於蛇，柳子在零陵之言也。唐都長安，零陵相去三千五百里，見唐賦所及者遠也。是時，唐之賦可謂毒矣。

## 謫龍說

扶風馬孺子言：年十五六時，在澤州，與群兒戲郊亭上。頃然，有奇女墜地，有光曄然，被緅裘白紋之裏，首步搖之冠。貴游少年駭且悅之，稍狎焉。奇女頩爾怒曰：『不可。吾故居鈞天帝宮，下上星辰，呼嘘陰陽，薄蓬萊，羞崑崙，而不即者。帝以吾心侈大，怒而謫來，七日當復。今吾雖辱塵土中，非若儷也。吾復，且害若。』衆恐而退。遂入居佛寺講室焉。及期，進取杯水飲之，噓成雲氣，五色翛翛也。因取裘反之，化爲白龍，徊翔登天，莫知其所終。亦怪甚矣。

嗚呼！非其類而狎其謫不可哉。孺子不妄人也，故記其説。

按：當在貶謫後作，蓋有激而然者也。

## 羆説

鹿畏貙，貙畏虎，虎畏羆。羆之狀，被髮人立，絶有力而甚害人焉。楚之南有獵者，能吹竹爲百獸之音。寂寂持弓矢罌火而即之山，爲鹿鳴以感其類，伺其至，發火而射之。貙聞其鹿也，趨而至。其人恐，因爲虎而駭之。貙走而虎至，愈恐，則又爲羆。虎亦亡去。羆聞而求其類，至則人也，捽搏挽裂而食之。

今夫不善内而恃外者，未有不爲羆之食也。

按：公之爲《羆説》，蓋有所指而言。羆，音疲。

## 宋清傳

宋清，長安西部藥市人也。居善藥。有自山澤來者，必歸宋清氏，清優主之。長安醫工得清藥輔其方，輒易讎，咸譽清。疾病疕瘍者，亦皆樂就清求藥，冀速已。清皆樂然響應，雖不持錢者，皆與善藥，積券如山，未嘗詣取直。或不識遥與券，清不爲辭。歲終，度不能報，輒焚券，終不復言。市人以其異，皆笑之，曰：『清，蚩妄人也。』或曰：『清其有道者歟？』清聞之曰：『清逐利以活妻子耳，非有道也，然謂我蚩妄者亦謬。』

清居藥四十年，所焚券者百數十人，或至大官，或連數州，受俸博，其饋遺清者，相屬於户。雖不能立報，而以賒死者千百，不害清之爲富也。清之取利遠，遠故大，豈若小市人哉？一不得直，則怫然怒，再則駡而仇耳。彼之爲利，不亦翦翦乎！吾見蚩之有在也。清誠以是得大利，又不爲妄，執其道不廢，卒以富。求者益衆，其應益廣。或斥棄沉廢，親與交；視之落然者，清不以怠，遇其人，必與善藥如故。一旦復柄用，益厚報清。其遠取利，皆類此。

吾觀今之交乎人者，炎而附，寒而棄，鮮有能類清之爲者。世之言，徒曰『市道交』。嗚呼！清，市人也，今之交有能望報如清之遠者乎？幸而庶幾，則天下之窮困廢辱得不死亡者衆矣，『市道交』豈可少耶？或曰：『清，非市道人也。』柳先生曰：『清居市不爲市之道，然而居朝廷、居官府、居庠塾鄉黨以士大夫自名者，反争爲之不已，悲夫！然則清非獨異於市人也。』

按：公此文在謫永州後作。蓋謂當時之交游者不爲之汲引，附炎棄寒，有愧於清之爲者，因託是以諷。

## 種樹郭橐駝傳

郭橐駝，不知始何名。病瘻，隆然伏行，有類橐駝者，故鄉人號之『駝』。駝聞之曰：『甚善，名我固當。』因捨其名，亦自謂橐駝云。其鄉曰豐樂鄉，在長安西。駝業種樹，凡長安豪富人爲觀遊及賣果者，皆争迎取養。視駝所種樹，或移徙，無不活，且碩茂早實以蕃。他植者雖窺伺傚慕，莫能如也。

有問之，對曰：『橐駝非能使木壽且孳也，能順木之天，以致其性焉爾。凡植木之性，其本欲舒，其培欲平，其土欲故，其築欲密。既然已，勿動勿慮，去不復顧。其蒔也若子，其置也若棄，則其天者全而其性得矣。故吾不害其長而已，非有能碩而茂之也；不抑耗其實而已，非有能早而蕃之也。他植者則不然，根拳而土易，其培之也，若不過焉則不及。苟有能反是者，則又愛之太恩，憂之太勤，旦視而暮撫，已去而復顧。甚者爪其膚以驗其生枯，搖其本以觀其疏密，而木之性日以離矣。雖曰愛之，其實害之；雖曰憂之，其實讎之，故不我若也。吾又何能爲哉！』

問者曰：『以子之道，移之官理可乎？』駝曰：『我知種樹而已，理，非吾業也。然吾居鄉，見長人者好煩其令，若甚憐焉，而卒以禍。旦暮吏來而呼曰：「官命促爾耕，勖爾植，督爾穫。早繅而緒，早織而縷，字而幼孩，遂而鷄豚。」鳴鼓而聚之，擊木而召之。吾小人輟飧饔以勞吏者，且不得暇，又何以蕃吾生而安吾性耶？故病且怠。若是，則與吾業者其亦有類乎？』

問者曰：『嘻，不亦善夫！吾問養樹，得養人術。』傳其事，以爲官戒。

按：姓郭，號橐駝。駝，馬類也，背肉似橐，故以名之。

## 童區寄傳

柳先生曰：越人少恩，生男女必貨視之。自毀齒已上，父兄鬻賣，以覬其利。不足，則盜取他室，束縛鉗梏之。至有鬚鬣者，力不勝，皆屈爲僮。當道相賊殺以爲俗。幸得壯大，則縛取么弱者。漢官因以爲己利，苟得僮，恣所爲不問。以是越中户口滋耗。少得自脱，惟童區寄以十一歲勝，斯亦奇矣。桂部從事杜周士爲余言之。

童寄者，柳州蕘牧兒也。行牧且蕘，二豪賊劫持反接，布囊其口，去逾四十里之墟所賣之。寄僞兒啼，恐慄爲兒恒狀。賊易之，對飲酒醉。一人去爲市，一人卧，植刃道上。童微伺其睡，以縛背刃，力下上，得絶，因取刃殺之。逃未及遠，市者還，得童大駭。將殺童，遽曰：『爲兩郎僮，孰若爲一郎僮耶？彼不我恩也。郎誠見完與恩，無所不可。』市者良久計曰：『與其殺是僮，孰若賣之；與其賣而分，孰若吾得專焉。幸而殺彼，甚善。』即藏其尸，持童抵主人所，愈束縛牢甚。夜半，童自轉，以縛即爐火燒絶之，雖瘡手勿憚，復取刃殺市者。因大號，一墟皆驚。童曰：『我區氏兒也，不當爲僮。賊二人得我，我幸皆殺之矣，願以聞於官。』

墟吏白州，州白大府，大府召視，兒幼愿耳。刺史顔證奇之，留爲小吏，不肯。與衣裳，吏護還之鄉。鄉之行劫縛者，側目莫敢過其門。皆曰：『是兒少秦武陽二歲，而討殺二豪，豈可近耶！』

按：其文曰桂部從事爲余言之，當在柳州作。東坡有《劉醜厮詩》云：『曰此可名寄，追配郴之荛。恨我非柳子，擊節爲爾謡。』謂此。

## 梓人傳

裴封叔之第，在光德里。有梓人款其門，願傭隙宇而處焉。所職尋引、規矩、繩墨，家不居礱斲之器。問其能，曰：『吾善度材，視棟宇之制，高深、圓方、短長之宜，吾指使，而群工役焉。捨我，衆莫能就一宇。故食於官府，吾受禄三倍；作於私家，吾收其直太半焉。』他日，入其室，其牀闕足而不能理，曰：『將求他工。』余甚笑之，謂其無能而貪祿嗜貨者。

其後京兆尹將飾官署，余往過焉。委群材，會衆工。或執斧斤，或執刀鋸，皆環立嚮之。梓人左持引、右執杖而中處焉。量棟宇之任，視木之能，舉揮其杖曰：『斧！』彼執斧者奔而右。顧而指曰：『鋸！』彼執鋸者趨而左。俄而斤者斲、刀者削，皆視其色，俟其言，莫敢自斷者。其不勝任者，怒而退之，亦莫敢慍焉。畫宮於堵，盈尺而曲盡其制，計其毫釐而構大廈，無進退焉。既成，書于上棟，曰『某年某月某日某建』，則其姓字也。凡執用之工不在列。余圜視大駭，然後知其術之工大矣。

繼而嘆曰：彼將捨其手藝，專其心智，而能知體要者歟？吾聞勞心者役人，勞力者役於人，彼其勞心者歟？能者用而智者謀，彼其智者歟？是足爲佐天子、相天下法矣。物莫近乎此也。彼爲天下者本於人。其執役者，爲徒隸，爲鄉師、里胥；其上爲下士；又其上爲中士、爲上士；又其上爲大夫、爲卿、爲公。離而爲六職，判而爲百役。外薄四海，有方伯、連率。郡有守，邑有宰，皆有佐政。其下有胥吏，又其下皆有嗇夫、版尹，以就役焉，猶衆工之各有執伎以食力也。彼佐天子相天下者，舉而加焉，指而使焉，條其綱紀而盈縮焉，齊其法制而整頓焉，猶梓人之有規矩、繩墨以定制也。擇天下之士，使稱其職；居天下之人，使安其業。視都知野，視野知國，視國知天下，其遠邇細大，可手據其圖而究焉，猶梓人畫宮於堵而績于成也。能者進而由之，使無所德；不能者退而休之，亦莫敢慍。不衒能，不矜名，不親小勞，不侵衆官，日與天下之英才討論其大經，猶梓人之善運衆工而不伐藝也。夫然後相道得而萬國理矣。相道既得，萬國既理，天下舉首而望曰：『吾相之功也。』後之人循跡而慕曰：『彼相之才也。』士或談殷、周之理者，曰伊、傅、周、召，其百執事之勤勞而不得紀焉，猶梓人自名其功而執用者不列也。大哉相乎！通是道者，所謂相而已矣。其不知體要者反此：以恪勤爲功，以簿書爲尊，衒能矜名，親小勞，侵衆官，竊取六職百役之事，齗齗於府廷，而遺其大者遠者焉，所謂不通是道者也。猶梓人而不知繩墨之曲直、規矩之方圓、尋引之短長，姑奪衆工之斧斤刀鋸以佐其藝，又不能備其工，以至敗績用而無所成也。不亦謬歟？

或曰：『彼主爲室者，儻或發其私智，牽制梓人之慮，奪其世守而道謀是用，雖不能成功，豈其罪耶？亦在任之而已。』余曰：不然。夫繩墨誠陳，規矩誠設，高者不可抑而下也，狹者不可張而廣也。由我則固，不由我則圮。彼將樂去固而就圮也，則卷其術，默其智，悠爾而去，不屈吾道，是誠良梓人耳。其或嗜其貨利，忍而不能捨也，喪其制量，屈而不能守也，棟撓屋壞，則曰『非我罪也』，可乎哉，可乎哉？

余謂梓人之道類於相，故書而藏之。梓人，蓋古之審曲面勢者，今謂之都料匠云。余所遇者，楊氏，潛其名。

按：公蓋託物以寓意，端爲佐天子相天下進退人才者設也。王承福圬者，而得傳於韓；楊潛梓人，而得傳於柳。

## 蝜蝂傳

蝜蝂者，善負小蟲也。行遇物，輒持取，卬其首負之。背愈重，雖困劇不止也。其背甚澀，物積因不散，卒躓仆不能起。人或憐之，爲去其負。苟能行，又持取如故。又好上高，極其力不已，至墜地死。

今世之嗜取者，遇貨不避，以厚其室，不知爲己累也，唯恐其不積。及其怠而躓也，黜棄之，遷徙之，亦以病矣。苟能起，又不艾。日思高其位，大其禄，而貪取滋甚，以近於危墜，觀前之死亡不知戒。雖其形魁然大者也，其名人也，而智則小蟲也。亦足哀夫！

按：公之所言，蓋指當時用事貪取滋甚者。蝜，音負，又扶缶切。蝂，音板。

## 乞巧文

柳子夜歸自外庭，有設祠者，餈餌馨香，蔬果交羅，插竹垂綏，剖瓜犬牙，且拜且祈。怪而問焉。女隸進曰：『今兹秋孟七夕，天女之孫將嬪於河鼓。邀而祠者，幸而與之巧，驅去蹇拙，手目開利，組紝縫製，將無滯於心焉。爲是禱也。』

柳子曰：『苟然歟？吾亦有所大拙，儻可因是以求去之。』乃纓弁束衽，促武縮氣，旁趨曲折，傴僂將事，再拜稽首稱臣而進曰：『下土之臣，竊聞天孫，專巧于天，轇轕璇璣，經緯星辰，能成文章，黼黻帝躬，以臨下民。欽聖靈、仰光耀之日久矣。今聞天孫不樂其獨得，貞卜於玄龜，將蹈石梁，款天津，儷于神夫，于漢之濱。兩旗開張，中星耀芒，靈氣翕欻，兹辰之良。幸而弭節，薄遊民間，臨臣之庭，曲聽臣言：臣有大拙，智所不化，醫所不攻，威不能遷，寬不能容。乾坤之量，包含海岳，臣身甚微，無所投足。蟻適于垤，蝸休于殼。黿鼉螺蜯，皆有所伏。臣物之靈，進退唯辱。彷徉爲狂，局束爲諂，吁吁爲詐，坦坦爲忝。他人有身，動必得宜，周旋獲笑，顛倒逢嘻。己所尊昵，人或怒之。變情徇勢，射利抵巇。中心甚憎，爲彼所奇。忍仇佯喜，悅譽遷隨。胡執臣心，常使不移？反人是己，曾不惕疑。貶名絶命，不負所知。抃嘲似傲，貴者啓齒。臣旁震驚，彼且不耻。叩稽匍匐，言語譎詭。令臣縮恧，彼則大喜。臣若效之，瞋怒叢己。彼誠大巧，臣拙無比。王侯之門，狂吠狴犴。臣到百步，喉喘顛汗，睢盱逆走，魄遁神叛。欣欣巧夫，徐入縱誕。毛群掉尾，百怒一散。世途昏險，擬步如漆，左低右昂，鬬冒衝突。鬼神恐悸，聖智危慄。泯焉直透，所至如一。是獨何工，縱横不恤。非天所假，彼智焉出？獨嗇於臣，恒使玷黜。沓沓騫騫，恣口所言。迎知喜惡，默測憎憐。摇唇一發，徑中心原。膠加鉗夾，誓死無遷。探心扼膽，踴躍拘牽。彼雖佯退，胡可得旃！獨結臣舌，喑抑銜冤。擘眦流血，一辭莫宣。胡爲賦授，有此奇偏？眩耀爲文，瑣碎排偶，抽黄對白，啽哢飛走。駢四儷六，錦心綉口，宫沉羽振，笙簧觸手。觀者舞悦，誇談雷吼。獨溺臣心，使甘老醜。

囂昏莽鹵，樸鈍枯朽。不期一時，以俟悠久。旁羅萬金，不鬻弊帚。跪呈豪傑，投棄不有。眉矉頞蹙，喙唾胸歐。大赧而歸，填恨低首。天孫司巧，而窮臣若是，卒不余畀，獨何酷歟？敢願聖靈悔禍，矜臣獨艱。付與姿媚，易臣頑顏。鑿臣方心，規以大圓。拔去呐舌，納以工言。文詞婉軟，步武輕便。齒牙饒美，眉睫增妍。突梯卷臠，爲世所賢。公侯卿士，五屬十連。彼獨何人，長享終天！』

言訖，又再拜稽首，俯伏以俟。至夜半，不得命，疲極而睡，見有青褏朱裳，手持絳節，而來告曰：『天孫告汝，汝詞良苦，凡汝之言，吾所極知。汝擇而行，嫉彼不爲。汝之所欲，汝自可期。胡不爲之，而誑我爲！汝唯知恥，諂貌淫詞，寧辱不貴，自適其宜。中心已定，胡妄而祈？堅汝之心，密汝所持，得之爲大，失不汚卑。凡吾所有，不敢汝施，致命而昇，汝慎勿疑。』

嗚呼！天之所命，不可中革。泣拜欣受，初悲後懌。抱拙終身，以死誰惕！

按：《荆楚歲時記》：七夕，婦人以綵縷穿七孔針，陳几筵酒脯瓜果於庭中以乞巧。或云：見天漢中奕奕白氣，有光五色，以爲徵應，見者得福。此乞巧之所自也。然公爲此文，假是以見其拙於謀己耳。晁無咎取之於《變騷》，而繫以辭曰：周鼎鑄倕而使吃其指，先王以見大巧之不可爲也。故子貢教抱甕者爲桔槔，用力少而見功多，而抱甕者羞之。夫鳩不能巢，拙莫比焉。而屈原乃曰：『雄鳩之鳴逝兮，吾猶惡其佻巧。』原誠傷世澆僞，故詆拙以爲巧，意昔之不然者，今皆然矣，蓋甚之也。宗元之作，雖亦閔時奔鶩，要歸諸厚，然宗元媿拙矣。

# 罵尸蟲文并序

有道士言：『人皆有尸蟲三，處腹中，伺人隱微失誤，輒籍記。日庚申，幸其人之昏睡，出讒於帝以求饗。以是人多謫過、疾癘、夭死。』柳子特不信，曰：『吾聞聰明正直者爲神。帝，神之尤者，其爲聰明正直宜大也，安有下比陰穢小蟲，縱其狙詭，延其變詐，以害于物，而又悦之以饗？其爲不宜也殊甚！吾意斯蟲若果爲是，則帝必將怒而戮之，投于下土，以殄其類，俾夫人咸得安其性命而苛慝不作，然後爲帝也。』余既處卑，不得質之于帝，而嫉斯蟲之説，爲文而罵之。

來，尸蟲！汝曷不自形其形？陰幽詭側而寓乎人，以賊厥靈。膏肓是處兮，不擇穢卑；潛窺默聽兮，導人爲非；冥持札牘兮，搖動禍機；卑陬拳縮兮，宅體險微。以曲爲形，以邪爲質；以仁爲凶，以僭爲吉；以淫諛諂誣爲族類，以中正和平爲罪疾；以通行直遂爲顛蹶，以逆施反鬬爲安佚。譖下謾上，恒其心術，妬人之能，幸人之失。利昏伺睡，旁睨竊出，走讒于帝，遽入自屈。冪然無聲，其意乃畢。求味己口，胡人之恤！彼修蛕恙心，短蟯穴胃，外搜疥癘，下索瘻痔，侵人肌膚，爲己得味。世皆禍之，則惟汝類。良醫刮殺，聚毒攻餌。旋死無餘，乃行正氣。汝雖巧能，未必爲利。帝之聰明，宜好正直，寧懸嘉饗，答汝讒慝？叱付九關，貽虎豹食。下民舞蹈，荷帝之力。是則宜然，何利之得！速收汝之生，速滅汝之精。蓐收震怒，將勅雷霆，擊汝酆都，糜爛縱横。俟帝之命，乃施于刑。群邪殄夷，大道顯明，害氣永革，厚人之生。豈不聖且神歟！

祝曰：尸蟲逐，禍無所伏，下民百祿。惟帝之功，以受景福。尸蟲誅，禍無所廬，下民其蘇。惟帝之德，萬福來符。臣拜稽首，敢告于玄都。

按：公此文蓋有所寓耳。永貞中，公以黨累貶永州司馬。宰相惜其才，欲澡濯用之，詔補袁州刺史。其後諫官頗言不可用，遂罷。當時之讒公者衆矣，假此以嫉其惡也。當是謫永州後作也。

## 斬曲几文

后皇植物，所貴乎直。聖主取焉，以建家國。亘爲棟楹，齊爲閫閾。外隅平端，中室謹飭。度焉以几，維量之則。君子憑之，以輔其德。末代淫巧，不師古式。斷兹揉木，以限肘腋。欹形詭狀，曲程詐力。制類奇邪，用絶繩墨。勾身陋狹，危足僻側。支不得舒，脅不遑息。余胡斯蓄，以亂人極！

追咎厥始，惟物之殘。稟氣失中，遭生不完。託地墝埆，反時燠寒。鬱悶結澀，癃蹇艱難。不可以遂，遂虧其端。離奇詰屈，縮恧巑岏。含蝎孕蠹，外邪中乾。或因先容，以售其蟠。病夫甘焉，制器以安。彼風毒敗形，陰沴遷魄。禍氣侵骨，淫神化脈。體仄筋倦，榮乖衛逆。乃喜茲物，以爲己適。器之不祥，莫是爲敵。烏可昵近，以招禍癖。

且人道甚惡，惟曲爲先。在心爲賊，在口爲愆。在肩爲僂，在膝爲攣。戚施踦跂，匍匐拘拳。古皆斥遠，莫致於前。問誰其類，惡木盜泉。朝歌回車，簡牘載焉。昭王市骨，樂毅歸燕。今我斬此，以希古賢。諂諛宜惕，正直宜宣。道焉是達，法焉是專。咨爾君子，曷不乾乾！既和且平，獲祐於天。去惡在微，慎保其傳。

按：觀其文，蓋指當時以諂曲獲用者。又謂上之人不明，棄直而用曲，則不才者進。其旨微矣。皆貶謫後作，與前篇相先後云。

## 宥蝮蛇文并序

家有僮，善執蛇。晨持一蛇來謁曰：『是謂蝮蛇。犯於人，死不治。又善伺人，聞人咳喘步驟，輒不勝其毒，捷取巧噬肆其害。然或慊不得於人，則愈怒，反嚙草木，草木立死。後人來觸死莖，猶墮指、攣腕、腫足，爲廢病。必殺之，是不可留。』余曰：『汝惡得之？』曰：『得之榛中。』曰：『榛中若是者可既乎？』曰：『不可，其類甚博。』余謂僮曰：『彼居榛中，汝居宫内，彼不即汝，而汝即彼，犯而鬭死，以執而謁者，汝實健且險，以輕近是物。然而殺之，汝益暴矣。彼耕穫者，求薪蘇者，皆土其鄉，知防而入焉，執耒、操鞭、持芟，扑以遠其害。汝今非有求於榛者也，密汝居，易汝庭，不凌奥，不步闇，是惡能得而害汝？且彼非樂爲此態也，造物者賦之形，陰與陽命之氣，形甚怪僻，氣甚禍賊，雖欲不爲是，不可得也。是獨可悲憐者，又孰能罪而加怒焉？汝勿殺也。』余悲其不得已而所爲若是，叩其脊，諭而宥之。其辭曰：

吾悲夫天形汝軀，絶翼去足，無以自扶，曲膂屈脅，惟行之紆。目兼蜂蠆，色混泥塗，其頸蹙恧，其腹次且，褰鼻鈎牙，穴出榛居。蓄怒而蟠，銜毒而趨，志蘄害物，陰妬潛狙。汝之禀受若是，雖欲爲鼉爲蟥，焉可得已？凡汝之爲惡，非樂乎此，緣形役性，不可自止。草摇風動，百毒齊起，首拳脊努，呥舌摇尾。不逞其凶，若病乎己。世皆寒心，我獨悲爾。吾將薙吾庭，葺吾楹，窒吾垣，嚴吾扃，俾奥草不植，而穴隟不萌。與汝異途，不相交争。雖汝之惡，焉得而行？

嘻！造物者胡甚不仁，而巧成汝質。既禀乎此，能無危物？賊害無辜，惟汝之實。陰陽爲戾，假汝忿疾。余胡汝尤，是戮是抶。宥汝于野，自求終吉。彼樵竪持芟，農夫執耒，不幸而遇，將除其害，餘力一揮，應手糜碎。我雖汝活，其惠實大。他人異心，誰釋汝罪？形既不化，中焉能悔？嗚呼悲乎！汝必死乎！毒而不知，反訟其内。今雖寬焉，後則誰賚？陰陽爾，造化爾，道烏乎在？可不悲歟！

按：晁無咎取《駡尸蟲》《憎王孫》并此《宥蝮蛇文》，以附《變騷》，繫之曰：《離騷》以虬龍鸞鳳託君子，以惡禽臭物指讒佞。王孫、尸蟲、蝮蛇，小人讒佞之類也。其憎之也，駡之也，投畀有北之意也；其宥之也，以遠小人不惡而嚴之意也。蓋《離騷》備此義，而宗元放之焉。蝮，音覆。

## 憎王孫文

猨、王孫居異山，德異性，不能相容。猨之德静以恒，類仁讓孝慈。居相愛，食相先，行有列，飲有序。不幸乖離，則其鳴哀。有難，則内其柔弱者。不踐稼蔬。木實未熟，相與視之謹；既熟，嘯呼群萃，然後食，衎衎焉。山之小草木，必環而行，遂其植。故猨之居山恒鬱然。王孫之德躁以囂，勃諍號呶，唶唶彊彊，雖群不相善也。食相噬嚙，行無列，飲無序。乖離而不思。有難，推其柔弱者以免。好踐稼蔬，所過狼籍披攘。木實未熟，輒齕齩投注。竊取人食，皆知自實其嗛。山之小草木，必凌挫折挽，使之瘁然後已。故王孫之居山恒蒿然。以是猨群衆則逐王孫，王孫群衆亦齬猨。猨棄去，終不與抗。然則物之甚可憎，莫王孫若也。余棄山間久，見其趣如是，作《憎王孫》云。

湘水之浟浟兮，其上群山。胡茲鬱而彼瘁兮，善惡異居其間。惡者王孫兮善者猨，環行遂植兮止暴殘。王孫兮甚可憎！噫，山之靈兮，胡不賊旃？跳踉叫囂兮，衝目宣齗。外以敗物兮，内以争群。排鬬善類兮，譁駭披紛。盜取民食兮，私己不分。充嗛果腹兮，驕傲歡欣。嘉華美木兮碩而繁，群披競嚙兮枯株根。毀成敗實兮更怒喧，居民怨苦兮號穹旻。王孫兮甚可憎！噫，山之靈兮，胡獨不聞？

猨之仁兮，受逐不校。退優游兮，惟德是傚。廉、來同兮聖囚，禹、稷合兮凶誅。群小遂兮君子違，大人聚兮孽無餘。善與惡不同鄉兮，否泰既兆其盈虚。伊細大之固然兮，乃禍福之攸趨。王孫兮甚可憎！噫，山之靈兮，胡逸而居？

按：後漢王延壽嘗爲《王孫賦》，有云：顔狀類乎老翁，軀體似乎小兒。王孫，蓋猴類而小者也。陳長方云：余嘗疑《宥蝮蛇》《憎王孫文》序已述其意，詞又述之。閭丘鑄曰：柳子晚年學佛書，先述其義，乃作偈曰，柳子熟之，下筆遂爾。余爲一笑。

## 逐畢方文并序

永州元和七年夏，多火災。日夜數十發，少尚五六發，過三月乃止。八年夏，又如之。人咸無安處，老弱燔死，晨不爨。夜不燭，皆列坐屋上，左右視，罷不得休。蓋類物爲之者。訛言相驚，云有怪鳥，莫實其狀。《山海經》云：章莪之山，有鳥如鶴，一足，赤文白喙，其名曰畢方，見則其邑有譌火。若今火者，其可謂譌歟？而人有以鳥傳者，其畢方歟？遂邑中狀而圖之，禳而磔之，爲之文而逐之。

后皇庇人兮，敬授群材。大施楝宇兮，小蔽草萊。各有攸宅兮，時闔而開。火炎爲用兮，化食生財。胡今兹之怪戾兮，日十爇而窮災。朝儲清以聯邃兮，夕蕩覆而爲灰。焚傷羸老兮，炭死童孩。叫號隮突兮，户駭人哀。祖夫狂走兮，倏忽往來。鬱攸孽暴兮，混合恢台。民氣不舒兮，僵踣顛頹。休炊息燎兮，仄伏煨煤。門甍晦黑兮，啓伺奸回。若墜之天兮，若生之鬼。令行不訛兮，國恐盍已。問之禹書，畢方是祟。

嗟爾畢方兮，胡肆其志？皇亶聰明兮，念此下地。災皇所愛兮，僇死無貳。幽形扇毒兮，陰險詭異。汝今不懲兮，衆訴咸至，皇斯震怒兮，殄絶汝類。祝融悔禍兮，回禄屏氣。太陰施威兮，玄冥行事。汝雖赤其文，隻其趾，逞工衒巧，莫救汝死。黠知急去兮，愚乃止此。高飛兮翱翔，遠伏兮無傷。海之南兮天之裔，汝優游兮可卒歲。皇不怒兮永汝世，日之良兮今速逝。急急如律令！

## 辨伏神文 并序

余病痞且悸，謁醫視之。曰：『惟伏神爲宜。』明日，買諸市，烹而餌之，病加甚。召醫而尤其故，醫求觀其滓。曰：『吁！盡老芋也。彼鬻藥者欺子而獲售。子之懵也，而反尤於余，不以過乎？』余戌然慚，愾然憂。推是類也以往，則世之以芋自售而病乎人者衆矣，又誰辨焉！申以詞云：

伏神之神兮，惟餌之良。愉心舒肝兮，魂平志康。歐開滯結兮，調護柔剛。和寧悦懌兮，復彼恒常。休嘉訢合兮，邪怪遁藏。君子食之兮，其樂揚揚。余殆於理兮，榮衛蹇極。伏杯積塊兮，悸不得息。有醫導余兮，求是以食。往沽之市兮，欣然有得。滌濯爨烹兮，專恃爾力。反增余疾兮，昏憒馮塞。余駭其狀兮，往尤于醫。徵滓以觀兮，既笑而嘻。曰子胡昧愚兮，兹謂蹲鴟。處身猥大兮，善植圩卑。受氣頑昏兮，陰僻欿危。累積星紀兮，以老爲奇。潛苞水土兮，混雜蝝蚳。不幸充腹兮，惟痼之宜。野夫忮害兮，假是以欺。刮肌刻貌兮，觀者勿疑。中虛以脆兮，外澤而夷。誤而爲餌兮，命或殆而。今無以追兮，後慎觀之。

嗚呼！物固多僞兮，知者蓋寡。考之不良兮，求福得禍。書而爲詞兮，願寤來者。

## 訴螭文并序

零陵城西有螭，室于江。法曹史唐登浴其涯，螭牽以入。一夕，浮水上。吾聞凡山川必有神司之，抑有是耶？於是作《訴螭》投之江曰：

天明地幽，孰主之兮？壽善夭殤，終何爲兮？堆山釃江，司者誰兮？突然爲人，使有知兮。畏危慮害，趨走祇兮。父母孔愛，妻子嘻兮。出入公門，不獲非兮。湝湝湘流，清且微兮。陰幽洞石，蓄怪螭兮。胡濯茲熱，卒無歸兮。親戚叫號，閭里思兮。魂其安游，覬湘纍兮。嗟爾怪螭，害江湄兮。游泳重瀾，物莫威兮。蟉形决目，潛伺窺兮。膏血是利，私自肥兮。歲既大旱，澤莫施兮。妖猾下民，使顛危兮。充心飽腹，肆敖嬉兮。洋洋往復，流逶迤兮。惟神高明，胡縱斯兮？蔑棄無辜，逞怪姿兮。胡不降罰，肅川坻兮。舟者欣欣，游者熙兮。蒲魚浸用，吉無疑兮。牲牷玉帛，人是依兮。匪神之訴，將安期兮。神之有亡，於是推兮。投之北流，心孔悲兮。

## 哀溺文并序

永之氓咸善游。一日，水暴甚，有五六氓乘小船絶湘水。中濟，船破，皆游。其一氓盡力而不能尋常。其侶曰：『汝善游最也，今何後爲？』曰：『吾腰千錢，重，是以後。』曰：『何不去之？』不應，搖其首。有頃，益怠。已濟者立岸上，呼且號曰：『汝愚之甚！蔽之甚！身且死，何以貨爲？』又搖其首，遂溺死。吾哀之。且若是，得不有大貨之溺大氓者乎？於是作《哀溺》。

吾哀溺者之死貨兮，惟大氓之爲憂。世濤鼓以風湧兮，浩滉蕩而無舟。不讓禄以辭富兮，又旁窺而詭求。手足亂而無如兮，負重踰乎崇丘。既浮頭而滅膂兮，不忍釋利而離尤。呼號者之莫救兮，愈搖首以沉流。髮披鬤以舞瀾兮，魂倀倀而焉游？黿鼉互進以争食兮，魚鮪族而爲羞。始貪赢以嗇厚兮，終負禍而懷讎。前既没而後不知懲兮，更攬取而無時休。哀兹氓之蔽愚兮，反賊己而從仇。不量多以自諫兮，姑指幸者而爲謀。

夫人固靈於鳥魚兮，胡昧罻而蒙鈎！大者死大兮，小者死小。善游雖最兮，卒以道夭。與害偕行兮，以死自繞。推今而鑒古兮，鮮克以保其生。衣寶焚紂兮，專利滅榮。豺狼死而猶餓兮，牛腹尸而不盈。民既貿貿而無知兮，故與彼咸謚爲氓。死者不足哀兮，冀中人爲余再更。噫！

按：文蓋指事寓意，與《招海賈》之説同。

# 招海賈文

咨海賈兮，君胡以利易生而卒離其形？大海盪泊兮，顛倒日月。龍魚傾側兮，神怪隳突。滄茫無形兮，往來遽卒。陰陽開闔兮，氛霧滃渤。君不返兮逝恍惚。舟航軒昂兮，下上飄鼓。騰趠嶢嵲兮，萬里一睹。崒入泓坳兮，視天若畝。奔螭出抃兮，翔鵬振舞。天吳八首兮，更笑迭怒。垂涎閃舌兮，揮霍旁午。君不返兮終爲虜。黑齒⿰齒戔⿰齒彡鱗文肌，三角駢列耳離披。反斷叉牙踔嶔崖，蛇首豨鬣虎豹皮。群没互出讙遨嬉，臭腥百里霧雨瀰。君不返兮以充飢。弱水蓄縮，其下不極。投之必沉，負羽無力。鯨鯢疑畏，淫淫嶷嶷。君不返兮卒自賊。怪石森立涵重淵，高下迾置滔危顛，崩濤搜疏刳戈鋋。君不返兮砉沉顛。其外大泊泙奫淪，終古迴薄旋天垠，八方易位更錯陳。君不返兮亂星辰。東極傾海流不屬，泯泯超忽紛蕩沃。殆而一跌兮，沸入湯谷，舳艫霏解梢若木。君不返兮魂焉薄？海若嗇貨號風雷，巨鰲頷首丘山頹，猖狂震虩翻九垓。君不返兮縻以摧。

洺海賈兮君胡樂，出幽險而疾平夷。恟駭愁苦，而以忘其歸。上黨易野恬以舒，蹈蹂厚土堅無虞。歧路脈布彌九區，出無入有百貨俱。周游傲睨神自如，撞鐘擊鮮恣歡娛。君不返兮欲誰須？膠鬲得聖捐鹽魚，范子去相安陶朱，呂氏行賈南面孤，弘羊心計登謀謨，煮鹽大冶九卿居。禄秩山委收國租，賢智走諾争下車，逍遥縱傲世所趨。君不返兮謚爲愚。

洺海賈兮，賈尚不可爲，而又海是圖。死爲險魄兮，生爲貪夫。亦獨何樂哉？歸來兮，寧君軀。

按：此文，晁無咎取以續《楚辭》，繫之曰：昔屈原不遇於楚，徬徨無所依，欲乘雲騎龍，遨游八極，以從己志而不可，猶怛然念其故國。至于將死，精神離散，四方上下，無所不往。又有衆鬼虎豹怪物之害，故大招其魂而復之，言皆不若楚國之樂者。《招海賈文》雖變其義，蓋取諸此也。宗元以謂崎嶇冒利，遠而不復，不如己故鄉常産之樂，亦以諷世之士行險僥倖，不如居易以俟命云。賈，音古。

## 弔萇弘文

有周之羸兮，邦國異圖。臣乘君則兮，王易爲侯。威强逆制兮，鬱命轉幽。瘮蠱膠密兮，肝膽爲仇。姦權蒙貨兮，忠勇以劉。伊時云幸兮，大夫之羞。嗚呼危哉！河、渭潰溢兮，横軀以抑。嵩高坼陊兮，舉手排直。壓溺之不慮兮，堅剛以爲式。知死不可撓兮，明章人極。夫何大夫之炳烈兮，王不寤夫讒賊。卒施快於剽狡兮，怛就制乎强國。松柏之斬刈兮，蓊茸欣植。盜驪折足兮，罷駑抗臆。鸞鳥之高翔兮，孽孤惴而不食。竊畏忌以群朋兮，夫孰病百而伸一。挺寡以校衆兮，古聖人之所難。矧援羸以威傲兮，兹固蹈殆而違安。殺身之匪予戚兮，閔宗周之不完。豈成城以夸功兮，哀清廟之將殘。嫉彪子之肆誕兮，彌皇覽以爲謾。姑舍道以從世兮，焉用夫考古而登賢。

指白日以致憤兮，卒頽幽而不列。版上帝以飛精兮，黮寥廓而殄絶。朅馮雲以狃訴兮，終冥冥以鬱結。欲登山以號辭兮，愈洋洋以超忽。心沍涸其不化兮，形凝冰而自慄。圖始而慮末兮，非大夫之操。陷瑕委厄兮，固衰世之道。知不可而愈進兮，誓不偷以自好。陳誠以定命兮，侔貞臣與爲友。比干之以仁義兮，緬遼絶以不群。伯夷殉潔以莫怨兮，孰克軌其遺塵？苟端誠之内虧兮，雖耇老其誰珍？古固有一死兮，賢者樂得其所。大夫死忠兮，君子所與。嗚呼哀哉！敬弔忠甫。

按：晁無咎取此文於《變騷》，而爲之説曰：《弔萇弘文》者，宗元之所作也。萇弘，字叔，周靈王之賢臣，爲劉文公之屬大夫。敬王十年，劉文公與弘欲城成周，使告於晋。魏獻子莅政，悦萇弘而與之，合諸侯于狄泉。衛彪傒曰：萇弘其不歿乎！周《詩》有之曰：天之所壞，不可支也。及范、中行之難，周人殺萇弘。莊周云：萇弘死，藏其血，三年而化爲碧。蓋語其忠誠然也。宗元哀弘以忠死，故弔云。

## 弔屈原文

後先生蓋千祀兮，余再逐而浮湘。求先生之汨羅兮，攬蘅若以薦芳。願荒忽之顧懷兮，冀陳辭而有光。

先生之不從世兮，惟道是就。支離搶攘兮，遭世孔疚。華蟲薦壤兮，進御羔裘。牝鷄咿嚘兮，孤雄束咮。哇咬環觀兮，蒙耳大呂。堇喙以爲羞兮，焚棄稷黍。犴獄之不知避兮，宫庭之不處。陷塗藉穢兮，榮若綉黼。榱折火烈兮，娭娭笑舞。讒巧之嘵嘵兮，惑以爲《咸池》。便媚鞠恧兮，美逾西施。謂謨言之怪誕兮，反寘瑱而遠違。匿重痼以諱避兮，進俞、緩之不可爲。

何先生之凛凛兮，厲鍼石而從之。但仲尼之去魯兮，曰吾行之遲遲。柳下惠之直道兮，又焉往而可施？今夫世之議夫子兮，曰胡隱忍而懷斯？惟達人之卓軏兮，固僻陋之所疑。委故都以從利兮，吾知先生之不忍；立而視其覆墜兮，又非先生之所志。窮與達固不渝兮，夫唯服道以守義。矧先生之悃愊兮，蹈大故而不貳。沉璜瘞珮兮，孰幽而不光？荃蕙蔽匿兮，胡久而不芳？

先生之貌不可得兮，猶髣髴其文章。託遺編而嘆喟兮，涣余涕之盈眶。呵星辰而驅詭怪兮，夫孰救於崩亡？何揮霍夫雷電兮，苟爲是之荒茫。耀姱辭之矘朗兮，世果以是之爲狂。哀余衷之坎坎兮，獨藴憤而增傷。諒先生之不言兮，後之人又何望。忠誠之既内激兮，抑銜忍而不長。芈爲屈之幾何兮，胡獨焚其中腸？

吾哀今之爲仕兮，庸有慮時之否臧！食君之禄畏不厚兮，悼得位之不昌。退自服以默默兮，曰吾言之不行。既媮風之不可去兮，懷先生之可忘！

按，晁無咎序此文於《變騷》曰：《弔屈原文》者，柳宗元之所作也。原没，賈誼過湘，初爲賦以弔原。至揚雄，亦爲文，而頗反其辭，自㟭山投諸江以弔之。誼愍原忠，逢時不祥，以比鸞鳳、周鼎之竄棄。雄則以義責原，何必沉身？二人者不同，亦各從志也。及子厚得

罪，與昔人離讒去國者異，太史公所謂虞卿非窮愁，亦不能著書以自見於世者。故補之論

宗元之《弔屈原》，殆困而知悔者，其辭慚矣。

## 弔樂毅文

許縱自燕來，曰：燕之南有墓焉，其志曰『樂生之墓』。余聞而哀之。其返也，與之文使弔焉。

大厦之騫兮，風雨萃之。車亡其軸兮，乘者棄之。嗚呼夫子兮，不幸類之。尚何爲哉？昭不可留兮，道不可常。畏死疾走兮，狂顧傍徨。燕復爲齊兮，東海洋洋。嗟夫子之專直兮，不慮後而爲防。胡去規而就矩兮，卒陷滯以流亡。惜功美之不就兮，俾愚昧之周章。豈夫子之不能兮，無亦惡是之遑遑。仁夫對趙之悃款兮，誠不忍其故邦。君子之容與兮，彌億載

而愈光。諒遭時之不然兮，匪謀慮之不長。跽陳辭以隕涕兮，仰視天之茫茫。苟偷世之謂何兮，言余心之不臧！

按，晁無咎曰：《弔樂毅文》者，宗元之所作也。樂毅，其先曰樂羊。燕昭王以子之之亂而齊大敗燕，昭王怨之，未嘗一日而忘報齊也。乃先禮郭隗，而毅往委質焉，以爲上將軍，下齊七十餘城。田單間之，毅畏誅，遂降趙。以書遺燕惠王曰：『臣聞聖賢之君，功立而不廢，故著於《春秋》；勇知之士，名成而不毀，故稱於後世。』公傷毅之有功而不見知，而以讒廢也，故弔云。是以附諸《變騷》。一本作《弔樂生文》。

## 伊尹五就桀贊

伊尹五就桀。或疑曰：『湯之仁聞且見矣，桀之不仁聞且見矣，夫胡去就之亟也？』柳子曰：『惡，是吾所以見伊尹之大者也。彼伊尹，聖人也。聖人出於天下，不夏、商其心，心乎生民而已。曰：「孰能由吾言？由吾言者爲堯、舜，而吾生人堯、舜人矣。」退而思曰：「湯誠仁，其功遲；桀誠不仁，朝吾從而暮及於天下可也。」於是就桀。桀果不可得，反而從湯。既而又思曰：「尚可十一乎？使斯人蚤被其澤也。」又往就桀。桀不可，而又從湯。以至於百一、千一、萬一，卒不可，乃相湯伐桀。俾湯爲堯、舜，而人爲堯、舜之人，是吾所以見伊尹之大者也。仁至於湯矣，四去之；不仁至於桀矣，五就之，大人之欲速其功如此。不然，湯、桀之辨，一恒人盡之矣，又奚以憧憧聖人之足觀乎？吾觀聖人之急生人，莫若伊尹；伊尹之大，莫若於五就桀。』作《伊尹五就桀贊》：

聖有伊尹，思德於民。往歸湯之仁，曰仁則仁矣，非久不親。退思其速之道，宜夏是因。就焉不可，復反亳殷。猶不忍其遲，亟往以觀。庶狂作聖，一日勝殘。至千萬冀一，卒無其端。五往不疲，其心乃安。遂升自陑，黜桀尊湯，遺民以完。大人無形，與道爲偶。道之爲大，爲人父母。大矣伊尹，惟聖之首。既得其仁，猶病其久。恒人所疑，我之所大。嗚呼遠哉！志以爲誨。

按：觀人之言，必求其意。柳子贊伊尹，謂其去湯就桀，意桀改過而救民之速，學者皆信其說。蘇氏曰：不然，湯之當王久矣，伊尹何疑焉？桀能改過而免於討，可庶幾也。能用伊尹而得志於天下，雖至愚知其不然。宗元意欲以此自解說其從二王之罪也。蘇氏可謂能以意逆志矣。

## 梁丘據贊

齊景有嬖，曰梁丘子，同君不爭，古號媚士。君悲亦悲，君喜亦喜。

曷賢不贊？卒贊於此。媢余所仇，激贊有以。梁丘之媢，順心狎耳。終不撓厥政，不嫉反己。晏子躬相，梁丘不毁。毖其爲政，政實允理。時睹晏子食，寡肉缺味。愛其不飽，告君使賜。中心樂焉，國用不墜。後之嬖君，罕或師是。導君以諛，聞正則忌。讒賢協惡，民蠹國圮。嗚呼！豈惟賢不逮古，嬖亦莫類。梁丘可思，又况晏氏？激贊梁丘，心焉孔瘁！

按，韓曰：以孟子之賢，而臧倉猶得以沮君。梁丘據不毁晏子之賢，是誠可取。公之竄逐遠方，左右近臣無一人爲之地者，故曰激贊梁丘，誠有以哉。

## 師友箴并序

今之世，爲人師者，衆笑之，舉世不師，故道益離；爲人友者，不以道而以利，舉世無友，故道益棄。嗚呼！生於是病矣，歌以爲箴。

既以儆己，又以誡人。

不師如之何？吾何以成！不友如之何？吾何以增！吾欲從師，可從者誰？借有可從，舉世笑之。吾欲取友，誰可取者？借有可取，中道或捨。仲尼不生，牙也久死，二人可作，懼吾不似。中焉可師，耻焉可友，謹是二物，用惕爾後。道苟在焉，傭丐爲偶；道之反是，公侯以走。内考諸古，外考諸物，師乎友乎，敬爾毋忽！

## 敵戒

皆知敵之仇，而不知爲益之尤；皆知敵之害，而不知爲利之大。秦有六國，兢兢以强，六國既除，訑訑乃亡。晋敗楚鄢，范文爲患，厲之不圖，舉國造怨。孟孫惡臧，孟死臧恤，藥石去矣，吾亡無日。智能知之，猶卒以危，矧今之人，曾不是思！敵存而懼，敵去而舞，廢備自盈，秖益爲瘉。敵存滅禍，敵去召過，有能知此，道大名播。懲病克壽，矜壯死暴，縱欲不戒，匪愚伊耄。我作戒詩，思者無咎。

按：入則無法家拂士，出則無敵國外患者，國常亡。子厚《敵戒》，其立意亦同《孟子》。嘗竊思范文子之言，而後知孟子、柳子之説有爲而發。文子云：『惟聖人能外内無患，自非聖人，外寧必有内憂。』此晋厲公侈，文子欲釋楚爲外懼之言也。審此，則孟子之存敵國，固以警戰國之君；而子厚之爲《敵戒》，亦爲德宗、順宗設耳。

## 三戒并序

吾恒惡世之人，不知推己之本，而乘物以逞，或依勢以干非其類，出技以怒强，竊時以肆暴，然卒迨于禍。有客談麋、驢、鼠三物，似其事，作《三戒》。

## 臨江之麋

臨江之人，畋得麋麑，畜之。入門，群犬垂涎，揚尾皆來。其人怒，怛之。自是日抱就犬，習示之，使勿動，稍使麋與之戲。積久，犬皆如人意。麋麑稍大，忘己之麋也，以爲犬良我友，抵觸偃仆，益狎。犬畏主人，與之俯仰甚善，然時啖其舌。三年，麋出門，見外犬在道甚衆，走欲與爲戲。外犬見而喜且怒，共殺食之，狼藉道上。麋至死終不悟。

## 黔之驢

黔無驢，有好事者船載以入。至則無可用，放之山下。虎見之，尨然大物也，以爲神。蔽林間窺之，稍出近之，慭慭然莫相知。他日，驢一鳴，虎大駭，遠遁，以爲且噬己也，甚恐。然往來視之，覺無異能者。益習其聲，又近出前後，終不敢搏。稍近，益狎，蕩倚衝冒，驢不勝怒，蹄之。虎因喜，計之曰：『技止此耳！』因跳踉大㘎，斷其喉，盡其肉，乃去。噫！形之尨也類有德，聲之宏也類有能。向不出其技，虎雖猛，疑畏，卒不敢取。今若是焉，悲夫！

## 永某氏之鼠

永有某氏者，畏日，拘忌特甚。以爲己生歲直子，鼠，子神也。因愛鼠，不畜猫犬，禁僮勿擊鼠。倉廩庖厨，悉以恣鼠不問。由是鼠相告，皆來某氏，飽食而無禍。某氏室無完器，椸無完衣，飲食大率鼠之餘也。晝累累與人兼行，夜則竊嚙鬭暴，其聲萬狀，不可以寢。終不厭。數歲，某氏徙居他州。後人來居，鼠爲態如故。其人曰：『是陰類惡物也，盜暴尤甚，且何以至是乎哉！』假五六猫，闔門撤瓦，灌穴，購僮羅捕之。殺鼠如丘，棄之隱處，晁數月乃已。嗚呼！彼以其飽食無禍爲可恒也哉！

按，東坡曰：予讀柳子厚《三戒》而愛之，乃擬作《河豚魚》《烏賊魚》二説，并序，以自警也。見坡集。

## 舜禹之事

魏公子丕，由其父得漢禪。還自南郊，謂其人曰：『舜、禹之事，吾知之矣。』由丕以來皆笑之。

柳先生曰：丕之言若是可也。嚮者丕若曰：『舜、禹之道，吾知之矣。』丕罪也。其事則信。吾見笑者之不知言，未見丕之可笑者也。

凡易姓授位，公與私，仁與强，其道不同；而前者忘，後者繫，其事同。使以堯之聖，一日得舜而與之天下，能乎？吾見小争於朝，大争於野，其爲亂，堯無以已之。何也？堯未忘於人，舜未繫於人也。堯之得於舜也以聖，舜之得於堯也以聖，兩聖獨得於天下之上，奈愚人何？其立於朝者放齊猶曰『朱啓明』，而況在野者乎？堯知其道不可，退而自忘；舜知堯之忘己而繫舜於人也，進而自繫。舜舉十六族，去四凶族，使天下咸得其人；命二十二人，興五教，立禮刑，使天下咸得其理；合時月，正曆數，齊律、度、量、權衡，使天下咸得其用。積十餘年，人曰：『明我者舜也，齊我者舜也，資我者舜也。』天下之在位者，皆舜之人也。而堯隤然，聾其聰，昏其明，愚其聖。人曰：『往之所謂堯者，果烏在哉？』或曰『耄矣』，曰『匿矣』。又十餘年，其思而問者加少矣。至於堯死，天下曰：『久矣，舜之君我也。』夫然後能揖讓受終於文祖。舜之與禹也亦然。禹旁行天下，功繫於人者多，而自忘也晚。益之自繫亦猶是也，而啓賢聞於人，故不能。夫其始繫於人也厚，則其忘之也遲。不然，反是。

漢之失德久矣，其不繫而忘也甚矣。宦、董、袁、陶之賊生人盈矣。丕之父攘禍以立强，積三十餘年，天下之主，曹氏而已，無漢之思也。丕嗣而禪，天下得之以爲晚，何以異夫舜、禹之事耶？然則漢非能自忘也，其事自忘也；曹氏非能自繫也，其事自繫也。公與私，仁與强，其道不同，其忘而繫者，無以異也。堯、舜之忘，不使如漢，不能授舜、禹；舜、禹之繫，不使如曹氏，不能受之堯、舜。然而世徒探其情而笑之，故曰：笑其言者非也。

問者曰：『堯崩，天下若喪考妣，四海遏密八音三載。子之言忘若甚然，是可不可歟？』曰：是舜歸德於堯，史尊堯之德之辭者也。堯之老更一世矣，德乎堯者，蓋已死矣，其幼而存者，堯不使之思也。不若是，不能與人天下。

按，晏元獻曰：此文與下《謗譽》《咸宜》等篇，恐是博士韋籌所作。

## 謗譽

凡人之獲謗譽于人者，亦各有道。君子在下位則多謗，在上位則多譽；小人在下位則多譽，在上位則多謗。何也？君子宜于上不宜于下，小人宜于下不宜于上，得其宜則譽至，不得其宜則謗亦至。此其凡也。然而君子遭亂世，不得已而在于上位，則道必咈于君，而利必及于人，由是謗行于上而不及于下，故可殺可辱而人猶譽之。小人遭亂世而後得居於上位，則道必合于君，而害必及于人，由是譽行于上而不及于下，故可寵可富而人猶謗之。君子之譽，非所謂譽也，其善顯焉爾。小人之謗，非所謂謗也，其不善彰焉爾。

然則在下而多謗者，豈盡愚而狡也哉？在上而多譽者，豈盡仁而智也哉？其謗且譽者，豈盡明而善褒貶也哉？然而世之人聞而大惑，出一庸人之口，則群而鄹之，且置於遠邇，莫不以爲信也。豈惟不能褒貶而已，則又蔽於好惡，奪於利害，吾又何從而得之耶？孔子曰：『不如鄉人之善者好之，其不善者惡之。』善人者之難見也，則其謗君子者爲不少矣，其謗孔子者亦爲不少矣。傳之記者，叔孫武叔，時之顯貴者也。其不可記者，又不少矣。是以在下而必困也。及乎遭時得君而處乎人上，功利及於天下，天下之人皆歡而戴之，向之謗之者，今從而譽之矣。是以在上而必彰也。

或曰：『然則聞謗譽于上者，反而求之，可乎？』曰：『是惡可，無亦徵其所自而已矣！其所自善人也，則信之；不善人也，則勿信之矣。苟吾不能分於善不善也，則已耳。如有謗譽乎人者，吾必徵其所自，未敢以其言之多而舉且信之也。其有及乎我者，未敢以其言之多而榮且懼也。苟不知我而謂我盜跖，吾又安取懼焉？苟不知我而謂我仲尼，吾又安取榮焉？知我者之善不善，非吾果能明之也，要必自善而已矣。』

## 咸宜

興王之臣，多起污賤，人曰『幸也』；亡王之臣，多死寇盜，人曰『禍也』。余咸宜之。當兩漢氏之始，屠販徒隸出以爲公侯卿相，無他焉，彼固公侯卿相器也。遭時之非是以詘，獨其始之不幸，非遭高、光而以爲幸也。漢、晋之末，公侯卿相劫戮困餓，伏墻壁間以死，無他焉，彼固劫戮困餓器也。遭時之非是以出，獨其始之幸，非遭卓、曜而後爲禍也。

彼困於昏亂，伏志氣，屈身體，以下奴虜，平難澤物之德不施于人，一得適其傃，其進晚爾，而人猶幸之。彼伸於昏亂，抗志氣，肆身體，以傲豪傑，殘民興亂之技行於天下，一得適其傃，其死後耳，而人猶禍之。悲夫！余是以咸宜之。

## 鞭賈

市之鬻鞭者，人問之，其賈直五十，必曰五萬。復之以五十，則伏而笑；以五百，則小怒；五千，則大怒；必以五萬而後可。有富者子，適市買鞭，出五萬，持以夸余。視其首，則拳蹙而不遂；視其握，則蹇仄而不植；其行水者，一去一來不相承；其節朽黑而無文，掐之滅爪，而不得其所窮；舉之翲然若揮虚焉。余曰：『子何取於是而不愛五萬？』曰：『吾愛其黄而澤。且賈者云。』余乃召僮爚湯以濯之。則遫然枯，蒼然白，嚮之黄者梔也，澤者蠟也。富者不悦，然猶持之三年。後出東郊，争道長樂坂下。馬相踶，因大擊，鞭折而爲五六。馬踶不已，墜於地，傷焉。視其内則空空然，其理若糞壤，無所賴者。

今之梔其貌，蠟其言，以求賈技於朝者，當其分則善。一誤而過其分，則喜。當其分，則反怒，曰：『余曷不至於公卿？』然而至焉者亦良多矣。居無事，雖過三年不害。當其有事，驅之於陳力之列以御乎物，以夫空空之内，糞壤之理，而以責其大擊之効，惡有不折其用而獲墜傷之患者乎？

按，韓曰：此篇端以諷空空於内者，賈技於朝，求過其分，而實不足賴云。

# 讀韓愈所著毛穎傳後題

自吾居夷，不與中州人通書。有來南者，時言韓愈爲《毛穎傳》，不能舉其辭，而獨大笑以爲怪，而吾久不克見。楊子誨之來，始持其書，索而讀之，若捕龍蛇，搏虎豹，急與之角而力不敢暇，信韓子之怪於文也。世之模擬竄竊，取青媲白，肥皮厚肉，柔筋脆骨，而以爲辭者之讀之也，其大笑固宜。

且世人笑之也，不以其俳乎？而俳又非聖人之所棄者。《詩》曰：『善戲謔兮，不爲虐兮。』《太史公書》有《滑稽列傳》，皆取乎有益於世者也。故學者終日討說答問，呻吟習復，應對進退，掬溜播灑，則罷憊而廢亂，故有『息焉游焉』之說。不學操縵，不能安弦。有所拘者，有所縱也。

大羹玄酒，體節之薦，味之至者。而又設以奇異小蟲、水草、樝梨、橘柚，苦鹹酸辛，雖蜇吻裂鼻，縮舌澀齒，而咸有篤好之者。文王之昌蒲菹，屈到之芰，曾晳之羊棗，然後盡天下之奇味以足於口。獨文異乎？韓子之爲也，亦將弛焉而不爲虐歟！息焉游焉，而有所縱歟！盡六藝之奇味以足其口歟！而不若是，則韓子之辭，若壅大川焉，其必決而放諸陸，不可以不陳也。

且凡古今是非六藝百家，大細穿穴用而不遺者，毛穎之功也。韓子窮古書，好斯文，嘉穎之能盡其意，故奮而爲之傳，以發其鬱積，而學者得以勵，其有益於世歟！是其言也，固與異世者語，而貪常嗜瑣者，猶呫呫然動其喙。彼亦甚勞矣乎！

按，元和五年十一月，公《與楊誨之書》云：足下所持韓生《毛穎傳》來，僕甚奇其書，恐世人非之，今作數百言，知前聖不必罪俳也。

## 愚溪詩序

灌水之陽有溪焉，東流入于瀟水。或曰：冉氏嘗居也，故姓是溪爲冉溪。或曰：可以染也，名之以其能，故謂之染溪。余以愚觸罪，謫瀟水上，愛是溪，入二三里，得其尤絶者家焉。古有愚公谷，今予家是溪，而名莫能定，土之居者猶齗齗然，不可以不更也，故更之爲愚溪。

愚溪之上，買小丘爲愚丘。自愚丘東北行六十步，得泉焉，又買居之，爲愚泉。愚泉凡六穴，皆出山下平地，蓋正出也。合流屈曲而南，爲愚溝。遂負土累石，塞其隘，爲愚池。愚池之東爲愚堂。其南爲愚亭。池之中爲愚島。嘉木異石錯置，皆山水之奇者，以余故，咸以愚辱焉。

夫水，智者樂也。今是溪獨見辱於愚，何哉？蓋其流甚下，不可以溉灌；又峻急，多坻石，大舟不可入也；幽邃淺狹，蛟龍不屑，不能興雲雨。無以利世，而適類於余，然則雖辱而愚之，可也。寧武子『邦無道則愚』，智而爲愚者也；顔子『終日不違如愚』，睿而爲愚者也，皆不得爲真愚。今余遭有道，而違於理，悖於事，故凡爲愚者，莫我若也。夫然，則天下莫能争是溪，余得專而名焉。

溪雖莫利於世，而善鑒萬類，清瑩秀澈，鏘鳴金石，能使愚者喜笑眷慕，樂而不能去也。余雖不合於俗，亦頗以文墨自慰，漱滌萬物，牢籠百態，而無所避之。以愚辭歌愚溪，則茫然而不違，昏然而同歸，超鴻蒙，混希夷，寂寥而莫我知也。於是作《八愚詩》，紀于溪石上。

按，公嘗與楊誨之書云：『方築愚溪東南爲室。』而此言丘、泉、溝、池、堂、溪、亭、島皆具。序當作於書之後。所謂《八愚詩》，今逸之。可惜也已。

## 永州韋使君新堂記

將爲穹谷嵁巖淵池於郊邑之中，則必輦山石，溝澗壑，凌絶險阻，疲極人力，乃可以有爲也。然而求天作地生之狀，咸無得焉。逸其人，因其地，全其天，昔之所難，今於是乎在。

永州實惟九疑之麓。其始度土者，環山爲城。有石焉，翳于奥草；有泉焉，伏于土塗。蛇虺之所蟠，狸鼠之所游，茂樹惡木，嘉葩毒卉，亂雜而争植，號爲穢墟。

韋公之來，既踰月，理甚無事，望其地，且異之。始命芟其蕪，行其塗，積之丘如，蠲之瀏如。既焚既釃，奇勢迭出，清濁辨質，美惡異位。視其植，則青秀敷舒；視其蓄，則溶漾紆餘。怪石森然，周于四隅，或列或跪，或立或仆，竅穴逶邃，堆阜突怒。乃作棟宇，以爲觀游。凡其物類，無不合形輔勢，效伎於堂廡之下。外之連山高原，林麓之崖，間厠隱顯。邇延野綠，遠混天碧，咸會於譙門之外。

已乃延客入觀，繼以宴娱。或贊且賀曰：『見公之作，知公之志。公之因土而得勝，豈不欲因俗以成化？公之釋惡而取美，豈不欲除殘而佑仁？公之蠲濁而流清，豈不欲廢貪而立廉？公之居高以望遠，豈不欲家撫而户曉？夫然，則是堂也，豈獨草木、土石、水泉之適歟？山原林麓之觀歟？將使繼公之理者，視其細，知其大也。』宗元請志諸石，措諸壁，編以爲二千石楷法。

# 永州鐵爐步志

江之滸，凡舟可縻而上下者曰步。永州北郭有步，曰鐵爐步。余乘舟來，居九年，往來求其所以爲鐵爐者無有。問之人，曰：『蓋嘗有鍛者居，其人去而爐毁者不知年矣，獨有其號冒而存。』

余曰：『嘻！世固有事去名存而冒焉若是耶？』

步之人曰：『子何獨怪是？今世有負其姓而立於天下者，曰：「吾門大，他不我敵也。」問其位與德，曰：「久矣其先也。」然而彼猶曰「我大」，世亦曰「某氏大」。其冒於號有以異於兹步者乎？嚮使有聞兹步之號，而不足釜錡、錢鎛、刀鈇者，懷價而來，能有得其欲乎？則求位與德於彼，其不可得亦猶是也。位存焉而德無有，猶不足以大其門，然且樂爲之下。子胡不怪彼而獨怪於是？大者桀冒禹，紂冒湯，幽、厲冒文、武，以傲天下。由不推知其本而姑大其故號，以至於敗，爲世笑僇，斯可以甚懼。若求兹步之實，而不得釜錡、錢鎛、刀鈇者，則去而之他，又何害乎？子之驚於是，末矣。』

余以爲古有太史，觀民風，採民言。若是者，則有得矣。嘉其言可採，書以爲志。

按：古者姓氏，特以別生分類。賢否之涇渭，初不由此。尊尚姓氏，始於魏之太和。齊據河北，推重崔、盧。梁、陳在江南，首先王、謝。至江東士人，爭尚閥閱，賣婚求財，汩喪廉耻。唐家一統，當一洗而新之，奈何文皇帝以隴西舊族矜誇其臣，以房、魏之賢，英公之功，且區區結婚於山東之世家。貞觀之世，冠冕高下，雖稍序定，然許敬宗以不叙武后世，李義府耻其家無名，復從而紊亂。黜陟廢置，皆不由於賢否，但以姓氏升降去留，定爲榮辱。衰宗落譜，昭穆所不齒者，皆稱禁婚，民俗安知禮義忠信爲何物耶？子厚憫時俗之未革，故以子孫冒昧者，取况於鐵爐步之失實，誠有功於名教歟！

## 游黄溪記

北之晋，西適豳，東極吴，南至楚、越之交，其間名山水而州者以百數，永最善。環永之治百里，北至于浯溪，西至于湘之源，南至於瀧泉，東至于黄溪東屯，其間名山水而村者以百數，黄溪最善。

黄溪距州治七十里，由東屯南行六百步，至黄神祠。祠之上，兩山墻立，丹碧之華葉駢植，與山升降。其缺者爲崖峭巖窟。水之中，皆小石平布。黄神之上，揭水八十步，至初潭，最奇麗，殆不可狀。其略若剖大甕，側立千尺，溪水積焉。黛蓄膏渟，來若白虹，沉沉無聲，有魚數百尾，方來會石下。南去又行百步，至第二潭。石皆巍然，臨峻流，若頦頷齗齶。其下大石雜列，可坐飲食。有鳥赤首烏翼，大如鵠，方東嚮立。自是又南數里，地皆一狀，樹益壯，石益瘦，水鳴皆鏘然。又南一里，至大冥之川，山舒水緩，有土田。始黄神爲人時，居其地。

傳者曰：『黄神王姓，莽之世也。莽既死，神更號黄氏，逃來，擇其深峭者潛焉。』始莽嘗曰『余黄虞之後也』，故號其女曰黄皇室主。黄與王聲相邇，而又有本，其所以傳言者益驗。神既居是，民咸安焉。以爲有道，死乃俎豆之，爲立祠。後稍徙近乎民，今祠在山陰溪水上。元和八年五月十六日，既歸，爲記，以啓後之好游者。

按：自《游黄溪》至《小石城山》，爲記凡九，皆記永州山水之勝。年月或記或不記，皆次第而作耳。

# 始得西山宴游記

自余爲僇人，居是州，恒惴慄。其隟也，則施施而行，漫漫而游。日與其徒上高山，入深林，窮迴谿，幽泉怪石，無遠不到。到則披草而坐，傾壺而醉。醉則更相枕以卧，卧而夢。意有所極，夢亦同趣。覺而起，起而歸。以爲凡是州之山有異態者，皆我有也，而未始知西山之怪特。

今年九月二十八日，因坐法華西亭，望西山，始指異之。遂命僕人過湘江，緣染溪，斫榛莽，焚茅茷，窮山之高而止。攀援而登，箕踞而遨，則凡數州之土壤，皆在衽席之下。其高下之勢，岈然窪然，若垤若穴，尺寸千里，攢蹙累積，莫得遯隱。縈青繚白，外與天際，四望如一。然後知是山之特立，不與培塿爲類，悠悠乎與顥氣俱，而莫得其涯；洋洋乎與造物者遊，而不知其所窮。引觴滿酌，頹然就醉，不知日之入。蒼然暮色，自遠而至，至無所見，而猶不欲歸。心凝形釋，與萬化冥合。然後知吾嚮之未始游，游於是乎始，故爲之文以志。是歲，元和四年也。



## 鈷鉧潭記

鈷鉧潭在西山西，其始蓋冉水自南奔注，抵山石，屈折東流，其顛委勢峻，蕩擊益暴，齧其涯，故旁廣而中深，畢至石乃止。流沫成輪，然後徐行，其清而平者且十畝餘，有樹環焉，有泉懸焉。

其上有居者，以予之亟游也，一旦款門來告曰：『不勝官租私券之委積，既芟山而更居，願以潭上田貿財以緩禍。』予樂而如其言。則崇其臺，延其檻，行其泉於高者而墜之潭，有聲潨然。尤與中秋觀月爲宜，於以見天之高，氣之迴。

孰使予樂居夷而忘故土者，非茲潭也歟？

按：鈷，音古。鉧字，諸韻皆無從『母』者。《唐韻》作『鏻』。下注云：鈷，鏻也。『鉧』，疑是『鏻』，莫浦、莫朗二切。并注云：鈷，鏻也。鈷鏻，乃鼎具。

## 鈷鉧潭西小丘記

得西山後八日，尋山口西北道二百步，又得鈷鉧潭。西二十五步，當湍而浚者爲魚梁。梁之上有丘焉，生竹樹。其石之突怒偃蹇，負土而出，争爲奇狀者，殆不可數。其嶔然相累而下者，若牛馬之飲于溪；其衝然角列而上者，若熊羆之登于山。丘之小不能一畝，可以籠而有之。問其主，曰：『唐氏之棄地，貨而不售。』問其價，曰：『止四百。』余憐而售之。李深源、元克己時同遊，皆大喜，出自意外。即更取器用，剷刈穢草，伐去惡木，烈火而焚之。嘉木立，美竹露，奇石顯。由其中以望，則山之高，雲之浮，溪之流，鳥獸之遨遊，舉熙熙然迴巧獻技，以効茲丘之下。枕席而卧，則清泠之狀與目謀，瀯瀯之聲與耳謀，悠然而虛者與神謀，淵然而靜者與心謀。不匝旬而得異地者二，雖古好事之士，或未能至焉。

噫！以茲丘之勝，致之灃、鎬、鄠、杜，則貴游之士爭買者，日增千金而愈不可得。今棄是州也，農夫漁父過而陋之，賈四百，連歲不能售。而我與深源、克己獨喜得之，是其果有遭乎！書於石，所以賀茲丘之遭也。

## 至小丘西小石潭記

從小丘西行百二十步，隔篁竹，聞水聲，如鳴珮環，心樂之。伐竹取道，下見小潭，水尤清冽。泉石以爲底，近岸卷石底以出，爲坻爲嶼，爲嵁爲巖。青樹翠蔓，蒙絡摇綴，參差披拂。潭中魚可百許頭，皆若空遊無所依。日光下澈，影布石上，怡然不動。俶爾遠逝，往來翕忽，似與游者相樂。

潭西南而望，斗折蛇行，明滅可見。其岸勢犬牙差互，不可知其源。

坐潭上，四面竹樹環合，寂寥無人，凄神寒骨，悄愴幽邃。以其境過清，不可久居，乃記之而去。

同游者，吴武陵、龔古，余弟宗玄；隸而從者，崔氏二小生，曰恕己，曰奉壹。

## 袁家渴記

由冉溪西南水行十里，山水之可取者五，莫若鈷鉧潭。由溪口而西，陸行，可取者八九，莫若西山。由朝陽巖東南水行，至蕪江，可取者三，莫若袁家渴。皆永中幽麗奇處也。

楚、越之間方言，謂水之反流者爲『渴』。渴上與南館高嶂合，下與百家瀨合。其中重洲小溪，澄潭淺渚，間厠曲折，平者深黑，峻者沸白。舟行若窮，忽又無際。有小山出水中，山皆美石，上生青叢，冬夏常蔚然。其旁多巖洞，其下多白礫，其樹多楓柟石楠，楩櫧樟柚，草則蘭芷。又有異卉，類合歡而蔓生，轇轕水石。每風自四山而下，振動大木，掩苒衆草，紛紅駭綠，蓊葧香氣，衝濤旋瀨，退貯谿谷，搖颺葳蕤，與時推移。其大都如此，余無以窮其狀。

永之人未嘗遊焉，余得之不敢專也，出而傳於世。其地主袁氏，故以名焉。

按：自《袁家渴》至《小石城山》四記，皆同時作也。

## 石渠記

自渴西南行，不能百步，得石渠，民橋其上。有泉幽幽然，其鳴乍大乍細。渠之廣，或咫尺，或倍尺，其長可十許步。其流抵大石，伏出其下。踰石而往，有石泓，昌蒲被之，青蘚環周。又折西行，旁陷巖石下，北墮小潭。潭幅員減百尺，清深多儵魚。又北曲行紆餘，睨若無窮，然卒入于渴。其側皆詭石怪木，奇卉美箭，可列坐而庥焉。風摇其巔，韻動崖谷。視之既靜，其聽始遠。

予從州牧得之，攬去翳朽，決疏土石，既崇而焚，既釃而盈。惜其未始有傳焉者，故累記其所屬，遺之其人，書之其陽，俾後好事者求之得以易。元和七年正月八日，蠲渠至大石。十月十九日，踰石得石泓小潭。渠之美於是始窮也。

## 石澗記

石渠之事既窮，上由橋西北，下土山之陰，民又橋焉。其水之大，倍石渠三之一。亘石爲底，達于兩涯。若床若堂，若陳筵席，若限閫奥。水平布其上，流若織文，響若操琴。揭跣而往，折竹箭，掃陳葉，排腐木，可羅胡牀十八九居之。交絡之流，觸激之音，皆在牀下；翠羽之木，龍鱗之石，均蔭其上。古之人，其有樂乎此耶？後之來者，有能追予之踐履耶？得意之日，與石渠同。

由渴而來者，先石渠，後石澗；由百家瀨上而來者，先石澗，後石渠。

澗之可窮者，皆出石城村東南，其間可樂者數焉。其上深山幽林，逾峭險，道狹不可窮也。

## 小石城山記

自西山道口徑北，踰黄茅嶺而下，有二道：其一西出，尋之無所得；其一少北而東，不過四十丈，土斷而川分，有積石横當其垠。其上爲睥睨梁欐之形，其旁出堡塢，有若門焉。窺之正黑，投以小石，洞然有水聲，其響之激越，良久乃已。環之可上，望甚遠，無土壤，而生嘉樹美箭，益奇而堅，其疏數偃仰，類智者所施設也。

噫！吾疑造物者之有無久矣。及是，愈以爲誠有。又怪其不爲之中州，而列是夷狄，更千百年不得一售其伎，是故勞而無用，神者儻不宜如是，則其果無乎？或曰：『以慰夫賢而辱於此者。』或曰：『其氣之靈，不爲偉人，而獨爲是物，故楚之南少人而多石。』是二者，余未信之。

## 柳州東亭記

出州南譙門，左行二十六步，有棄地在道南。南值江，西際垂楊傳置，東曰東館。其内草木猥奥，有崖谷，傾亞缺圮。豕得以爲囿，蛇得以爲藪，人莫能居。

至是始命披刜蠲疏，樹以竹箭松檉桂檜柏杉。易爲堂亭，峭爲杠梁。下上徊翔，前出兩翼。憑空拒江，江化爲湖。衆山横環，嶛闊瀴灣。當邑居之劇，而忘乎人間，斯亦奇矣。乃取館之北宇，右闢之以爲夕室；取傳置之東宇，左闢之以爲朝室；又北闢之以爲陰室；作屋於北墉下以爲陽室；作斯亭于中以爲中室。朝室以夕居之，夕室以朝居之，中室日中而居之，陰室以違温風焉，陽室以違凄風焉。若無寒暑也，則朝夕復其號。既成，作石于中室，書以告後之人，庶勿壞。元和十二年九月某日，柳宗元記。

按：元和十年正月，公自永州召至京師。三月，復出刺柳州。此記作於刺柳州日，篇末自可見。

## 柳州山水近治可游者記

古之州治，在潯水南山石間。今徙在水北，直平四十里，南北東西皆水匯。

北有雙山，夾道嶄然，曰背石山。有支川，東流入于潯水。潯水因是北而東，盡大壁下。其壁曰龍壁。其下多秀石，可硯。

南絶水，有山無麓，廣百尋，高五丈，下上若一，曰甑山。山之南，皆大山，多奇。又南且西，曰駕鶴山，壯聳環立，古州治負焉。有泉在坎下，恒盈而不流。南有山，正方而崇，類屏者，曰屏山，其西曰四姥山，皆獨立不倚。北流潯水瀨下。

又西曰仙弈之山。山之西可上。其上有穴，穴有屏，有室，有宇。其宇下有流石成形，如肺肝，如茄房，或積于下，如人，如禽，如器物，甚衆。東西九十尺，南北少半。東登入小穴，常有四尺，則廓然甚大。無竅，正黑，燭之，高僅見其宇，皆流石怪狀。由屏南室中入小穴，倍常而上，始黑，已而大明，爲上室。由上室而上，有穴，北出之，乃臨大野，飛鳥皆視其背。其始登者，得石枰於上，黑肌而赤脈，十有八道，可弈，故以云。其山多檉，多櫧，多篔簹之竹，多橐吾。其鳥，多秭歸。

石魚之山，全石，無大草木，山小而高，其形如立魚，尤多秭歸。西有穴，類仙弈。入其穴，東出，其西北靈泉在東趾下，有麓環之。泉大類轂雷鳴，西奔二十尺，有洄，在石澗，因伏無所見，多緑青之魚，多石鯽，多鯈。

雷山，兩崖皆東西，雷水出焉。蓄崖中曰雷塘，能出雲氣，作雷雨，變見有光。禱用俎魚、豆彘、脩形、糈稌、陰酒，虔則應。在立魚南，其間多美山，無名而深。峨山在野中，無麓，峨水出焉，東流入于潯水。

## 寄許京兆孟容書

宗元再拜五丈座前：伏蒙賜書誨諭，微悉重厚，欣躍恍惚，疑若夢寐，捧書叩頭，悸不自定。伏念得罪來五年，未嘗有故舊大臣肯以書見及者。何則？罪謗交積，群疑當道，誠可怪而畏也。以是兀兀忘行，尤負重憂，殘骸餘魂，百病所集，痞結伏積，不食自飽。或時寒熱，水火互至，内消肌骨，非獨瘴癘爲也。忽捧教命，乃知幸爲大君子所宥，欲使膏肓沉没，復起爲人。夫何素望，敢以及此。

宗元早歲，與負罪者親善，始奇其能，謂可以共立仁義，裨教化。過不自料，懃懃勉勵，唯以中正信義爲志，以興堯、舜、孔子之道，利安元元爲務，不知愚陋，不可力彊，其素意如此也。末路孤危，阨塞臲卼，凡事壅隔，很忤貴近，狂疏繆戾，蹈不測之辜，群言沸騰，鬼神交怒。加以素卑賤，暴起領事，人所不信。射利求進者，填門排户，百不一得，一旦快意，更造怨讟。以此大罪之外，詆訶萬端，旁午搆扇，盡爲敵讎，協心同攻，外連强暴失職者，以致其事。此皆丈人所聞見，不敢爲他人道説。懷不能已，復載簡牘。此人雖萬被誅戮，不足塞責，而今其黨與，幸獲寬貸，各得善地，無分毫事，坐食俸禄，明德至渥也，尚何敢更俟除棄廢痼，以希望外之澤哉？年少氣鋭，不識幾微，不知當否。但欲一心直遂，果陷刑法，皆自所求取得之，又何怪也？

宗元於衆黨人中，罪狀最甚。神理降罰，又不能即死。猶對人言語，求食自活，迷不知耻，日復一日。然亦有大故。自以得姓來二千五百年，代爲冢嗣。今抱非常之罪，居夷獠之鄉，卑濕昏霧，恐一日填委溝壑，曠墜先緒，以是怛然痛恨，心腸沸熱。煢煢孤立，未有子息。荒隅中少士人女子，無與爲婚，世亦不肯與罪大者親昵，以是嗣續之重，不絶如縷。每當春秋時饗，孑立捧奠，顧眄無後繼者，惸惸然欷歔惴惕，恐此事便已，摧心傷骨，若受鋒刃。此誠丈人所共憫惜也。

先墓所在城南，無異子弟爲主，獨託村鄰。自譴逐來，消息存亡不一至鄉閭，主守者因以益怠。晝夜哀憤，懼便毀傷松柏，芻牧不禁，以成大戾。近世禮重拜掃，今已闕者四年矣。每遇寒食，則北向長號，以首頓地。想田野道路，士女遍滿，皂隷傭丐，皆得上父母丘墓，馬醫夏畦之鬼，無不受子孫追養者。然此已息望，又何以云哉！

城西有數頃田，樹果樹百株，多先人手自封植，今已荒穢，恐便斬伐，無復愛惜。家有賜書三千卷，尚在善和里舊宅，宅今已三易主，書存亡不可知。皆付受所重，常繫心腑，然無可爲者。立身一敗，萬事瓦裂，身殘家破，爲世大僇。復何敢更望大君子撫慰收恤，尚置人數中耶！是以當食不知辛酸節適，洗沐盥漱，動逾歲時，一搔皮膚，塵垢滿爪。誠憂恐悲傷，無所告愬，以至此也。

自古賢人才士，秉志遵分，被謗議不能自明者，僅以百數。故有無兄盜嫂，娶孤女云撾婦翁者。然賴當世豪傑，分明辨別，卒光史籍。管仲遇盜，升爲功臣；匡章被不孝之名，孟子禮之。今已無古人之實，而有其詬，欲望世人之明己，不可得也。直不疑買金以償同舍；劉寬下車，歸牛鄉人。此誠知疑似之不可辯，非口舌所能勝也。鄭詹束縛於晉，終以無死；蒯鍾儀南音，卒獲返國；叔向囚虜，自期必免；范痤騎危，以生易死；蒯通據鼎耳，爲齊上客；張蒼、韓信伏斧鑕，終取將相；鄒陽獄中，以書自活；賈生斥逐，復召宣室；倪寬擯死，後至御史大夫；董仲舒、劉向下獄當誅，爲漢儒宗。此皆瓌偉博辯奇壯之士，能自解脱。今以恇怯溟涊，下才末伎，又嬰恐懼痼病，雖欲慷慨攘臂，自同昔人，愈疏闊矣！

賢者不得志於今，必取貴於後，古之著書者皆是也。宗元近欲務此，然力薄才劣，無異能解，雖欲秉筆覼縷，神志荒耗，前後遺忘，終不能成章。往時讀書，自以不至抵滯，今皆頑然無復省録。每讀古人一傳，數紙已後，則再三伸卷，復觀姓氏，旋又廢失。假令萬一除刑部囚籍，復爲士列，亦不堪當世用矣！伏惟興哀於無用之地，垂德於不報之所，但以存通家宗祀爲念，有可動心者，操之勿失。雖不敢望歸掃塋域，退託先人之廬，以盡餘齒，姑遂少北，益輕瘴癘，就婚娶，求胤嗣，有可付託，即冥然長辭，如得甘寢，無復恨矣！

書辭繁委，無以自道。然即文以求其志，君子固得其肺肝焉。無任懇戀之至！不宣。宗元再拜。

按：許孟容，字公範。元和初，再遷尚書右丞、京兆尹。公謫永州已五年，與京兆書，望其與之爲地，一除罪籍耳。

## 與李翰林建書

杓直足下：州傳遽至，得足下書，又於夢得處得足下前次一書，意皆勤厚。莊周言，逃蓬藋者，聞人足音，則跫然喜。僕在蠻夷中，比得足下二書，及致藥餌，喜復何言！僕自去年八月來，痞疾稍已。往時間一二日作，今一月乃二三作。用南人檳榔餘甘，破決壅隔大過，陰邪雖敗，已傷正氣。行則膝顫，坐則髀痹。所欲者補氣豐血，强筋骨，輔心力，有與此宜者，更致數物。忽得良方偕至，益善。

永州於楚爲最南，狀與越相類。僕悶即出游，游復多恐。涉野則有蝮虺大蜂，仰空視地，寸步勞倦；近水即畏射工沙虱，含怒竊發，中人形影，動成瘡痏。時到幽樹好石，蹔得一笑，已復不樂。何者？譬如囚拘圜土，一遇和景，負墻搔摩，伸展支體。當此之時，亦以爲適，然顧地窺天，不過尋丈，終不得出，豈復能久爲舒暢哉？明時百姓，皆獲歡樂，僕士人，頗識古今理道，獨愴愴如此。誠不足爲理世下執事，至比愚夫愚婦又不可得，竊自悼也。

僕曩時所犯，足下適在禁中，備觀本末，不復一一言之。今僕癃殘頑鄙，不死幸甚。苟爲堯人，不必立事程功，唯欲爲量移官，差輕罪累，即便耕田藝麻，取老農女爲妻，生男育孫，以供力役，時時作文，以詠太平。摧傷之餘，氣力可想。假令病盡已，身復壯，悠悠人世，越不過爲三十年客耳。前過三十七年，與瞬息無異。復所得者，其不足把翫，亦已審矣。杓直以爲誠然乎？

僕近求得經史諸子數百卷，常候戰悸稍定，時即伏讀，頗見聖人用心、賢士君子立志之分。著書亦數十篇，心病，言少次第，不足遠寄，但用自釋。貧者士之常，今僕雖羸餒，亦甘如飴矣。

足下言已白常州煦僕，僕豈敢衆人待常州耶！若衆人，即不復煦僕矣。然常州未嘗有書遺僕，僕安敢先焉？裴應叔、蕭思謙，僕各有書，足下求取觀之，相戒勿示人。敦詩在近地，簡人事，今不能致書，足下默以此書見之。勉盡志慮，輔成一王之法，以宥罪戾。不悉。宗元白。

按：按建本傳，貞元中，補校書郎。德宗思得文學者，或以建聞。帝問左右，宰相鄭珣瑜曰：『臣爲吏部時，當補校書者八人，他皆藉貴勢以請，建獨無有。』帝喜，擢左拾遺、翰林學士。

# 與吕道州温論非國語書

四月三日，宗元白化光足下：近世之言理道者衆矣，率由大中而出者咸無焉。其言本儒術，則迂迴茫洋，而不知其適；其或切於事，則苛峭刻覈，不能從容，卒泥乎大道。甚者好怪而妄言，推天引神，以爲靈奇，恍惚若化，而終不可逐。故道不明於天下，而學者之至少也。

吾自得友君子，而後知中庸門户階室，漸染砥礪，幾乎道真。然而常欲立言垂文，則恐而不敢。今動作悖謬，以爲僇於世，身編夷人，名列囚籍。以道之窮也，而施乎事者無日，故乃挽引，强爲小書，以志乎中之所得焉。

嘗讀《國語》，病其文勝而言尨，好詭以反倫，其道舛逆。而學者以其文也，咸嗜悅焉，伏膺呻吟者，至比六經，則溺其文必信其實，是聖人之道翳也。余勇不自制，以當後世之訕怒，輒乃黜其不臧，救世之謬。凡爲六十七篇，命之曰《非國語》。既就，累日怏怏然不喜，以道之難明，而習俗之不可變也，如其知我者果誰歟？凡今之及道者，果可知也已。後之來者，則吾未之見，其可忽耶？故思欲盡其瑕纇，以別白中正。度成吾書者，非化光而誰？輒令往一通，惟少留視役慮，以卒相之也。

往時致用作《孟子評》，有韋詞者告余曰：『吾以致用書示路子，路子曰：「善則善矣，然昔之爲書者，豈若是摭前人耶？」』韋子賢斯言也。余曰：『致用之志以明道也，非以摭《孟子》，蓋求諸中而表乎世焉爾。』今余爲是書，非左氏尤甚。若二子者，固世之好言者也，而猶出乎是，況不及是者滋衆，則余之望乎世者愈狹矣，卒如之何？苟不悖於聖道，而有以啓明者之慮，則用是罪余者，雖累百世滋不憾而恧焉！於化光何如哉？激乎中必厲乎外，想不思而得也。宗元白。

按：温，字和叔，一字化光。元和三年十月爲道州刺史，六年八月卒，公嘗爲之誄。

此書作於六年前。

## 與友人論爲文書

古今號文章爲難，足下知其所以難乎？非謂比興之不足，恢拓之不遠，鑽礪之不工，頗纇之不除也。得之爲難，知之愈難耳。苟或得其高朗，探其深賾，雖有蕪敗，則爲日月之蝕也，大圭之瑕也，曷足傷其明、黜其寶哉？

且自孔氏以來，兹道大闡。家脩人勵，刓精竭慮者，幾千年矣。其間耗費簡札，役用心神者，其可數乎？登文章之籙，波及後代，越不過數十人耳！其餘誰不欲争裂綺綉，互攀日月，高視於萬物之中，雄峙於百代之下乎？率皆縱臾而不克，躑躅而不進，力蹙勢窮，吞志而没。故曰得之爲難。

嗟乎！道之顯晦，幸不幸繫焉；談之辯訥，升降繫焉；鑒之頗正，好惡繫焉；交之廣狹，屈伸繫焉。則彼卓然自得以奮其間者，合乎否乎？是未可知也。而又榮古虐今者，比肩疊跡，大抵生則不遇，死而垂聲者衆焉。揚雄没而《法言》大興，馬遷生而《史記》未振。彼之二才，且猶若是，況乎未甚聞著者哉！固有文不傳於後祀，聲遂絶於天下者矣。故曰知之愈難。而爲文之士，亦多漁獵前作，戕賊文史，抉其意，抽其華，置齒牙間，遇事蜂起，金聲玉耀，誑聾瞽之人，徼一時之聲。雖終淪棄，而其奪朱亂雅，爲害已甚。是其所以難也。

間聞足下欲觀僕文章，退發囊笥，編其蕪穢，心悸氣動，交於胸中，未知孰勝，故久滯而不往也。今往僕所著賦、頌、碑、碣、文、記、議、論、書、序之文，凡四十八篇，合爲一通，想令治書蒼頭吟諷之也。擊轅拊缶，必有所擇，顧鑒視其何如耳，還以一字示褒貶焉。

## 賀進士王參元失火書

得楊八書，知足下遇火災，家無餘儲。僕始聞而駭，中而疑，終乃大喜，蓋將弔而更以賀也。道遠言略，猶未能究知其狀，若果蕩焉泯焉，而悉無有，乃吾所以尤賀者也。

足下勤奉養，樂朝夕，唯恬安無事是望也。今乃有焚煬赫烈之虞，以震駭左右，而脂膏滫瀡之具，或以不給，吾是以始而駭也。凡人之言，皆曰盈虛倚伏，去來之不可常。或將大有爲也，乃始厄困震悸，於是有水火之孽，有群小之慍，勞苦變動，而後能光明，古之人皆然。斯道遼闊誕漫，雖聖人不能以是必信，是故中而疑也。以足下讀古人書，爲文章，善小學，其爲多能若是，而進不能出群士之上，以取顯貴者，蓋無他焉。京城人多言足下家有積貨，士之好廉名者，皆畏忌，不敢道足下之善，獨自得之，心蓄之，銜忍而不出諸口，以公道之難明，而世之多嫌也。一出口，則嗤嗤者以爲得重賂。

僕自貞元十五年見足下之文章，蓄之者蓋六七年未嘗言。是僕私一身而負公道久矣，非特負足下也。及爲御史尚書郎，自以幸爲天子近臣，得奮其舌，思以發明足下之鬱塞。然時稱道於行列，猶有顧視而竊笑者，僕良恨修己之不亮，素譽之不立，而爲世嫌之所加，常與孟幾道言而痛之。乃今幸爲天火之所滌盪，凡衆之疑慮，舉爲灰埃。黔其廬，赭其垣，以示其無有，而足下之才能乃可顯白而不污。其實出矣，是祝融、回禄之相吾子也。則僕與幾道十年之相知，不若兹火一夕之爲足下譽也。宥而彰之，使夫蓄於心者，咸得開其喙，發策決科者，授子而不慄，雖欲如向之蓄縮受侮，其可得乎？於兹吾有望乎爾！是以終乃大喜也。古者列國有災，同位者皆相弔，許不弔災，君子惡之。今吾之所陳若是，有以異乎古，故將弔而更以賀也。顔、曾之養，其爲樂也大矣，又何闕焉？

足下前要僕文章古書，極不忘，候得數十幅乃併往耳。吴二十一武陵來，言足下爲《醉賦》及《對問》，大善，可寄一本。僕近亦好作文，與在京城時頗異。思與足下輩言之，桎梏甚固，未可得也。因人南來，致書訪死生。不悉。宗元白。

## 與太學諸生喜詣闕留陽城司業書

二十六日，集賢殿正字柳宗元敬致尺牘，太學諸生足下：始朝廷用諫議大夫陽公爲司業，諸生陶煦醇懿，熙然大洽，于兹四祀而已，詔書出爲道州。僕時通籍光範門，就職書府，聞之悒然不喜。非特爲諸生戚戚也，乃僕亦失其師表，而莫有所矜式焉。既而署吏有傳致詔草者，僕得觀之。蓋主上知陽公甚熟，嘉美顯寵，勤至備厚，乃知欲煩陽公宣風裔土，覃布美化于黎獻也。遂寬然少喜，如獲慰薦于天子休命。然而退自感悼，幸生明聖不諱之代，不能布露所蓄，論列大體，聞於下執事，冀少見採取，而還陽公之南也。翌日，退自書府，就車于司馬門外，聞之於抱關掌管者，道諸生愛慕陽公之德教，不忍其去，頓首西闕下，懇悃至願乞留如故者百數十人。輒用撫手喜甚，震抃不寧，不意古道復形于今。僕嘗讀李元禮、嵇叔夜傳，觀其言太學生徒仰闕赴訴者，僕謂訖千百年不可覩聞，乃今日聞而覩之，誠諸生見賜甚盛。

於戲！始僕少時，嘗有意遊太學，受師説，以植志持身焉。當時説者咸曰：『太學生聚爲朋曹，侮老慢賢，有墮窳敗業而利口食者，有崇飾惡言而肆鬥訟者，有凌傲長上而誶罵有司者。其退然自克，特殊於衆人者無幾耳。』僕聞之，恟駭怛悸。良痛其遊聖人之門，而衆爲是嗜嗜也。遂退託鄉閭家塾，考厲志業，過太學之門而不敢蹋顧，尚何能仰視其學徒者哉！今乃奮志厲義，出乎千百年之表，何聞見之乖剌歟？豈説者過也，將亦時異人異，無嚮時之桀害者耶？其無乃陽公之漸漬導訓，明效所致乎？

夫如是，服聖人遺教，居天子太學，可無愧矣。

於戲！陽公有博厚恢弘之德，能并容善僞，來者不拒。曩聞有狂惑小生，依託門下，或乃飛文陳愚，醜行無賴，而論者以爲言，謂陽公過於納污，無人師之道。是大不然。仲尼吾黨狂狷，南郭獻譏；曾參徒七十二人，致禍負芻；孟軻館齊，從者竊屨。彼一聖兩賢人，繼爲大儒，然猶不免，如之何其拒人也？俞、扁之門，不拒病夫；繩墨之側，不拒枉材；師儒之席，不拒曲士，理固然也。且陽公之在于朝，四方聞風，仰而尊之，貪冒苟進邪薄之夫，庶得少沮其志，不遂其惡，雖微師尹之位，而人實具瞻焉。與其宣風一方，覃化一州，其功之遠近，又可量哉！諸生之言非獨爲己也，於國體實甚宜，願諸生勿得私之。想復再上，故少佐筆端耳。勖此良志，俾爲史者有以紀述也。努力多賀。柳宗元白。

按：城字亢宗，自諫議大夫遷國子司業，以事出爲道州刺史。太學諸生詣闕請留之，公遺諸生書，勉勵其志。

## 答韋中立論師道書

二十一日，宗元白：辱書云欲相師，僕道不篤，業甚淺近，環顧其中，未見可師者。雖常好言論，爲文章，甚不自是也。不意吾子自京師來蠻夷間，乃幸見取。僕自卜固無取，假令有取，亦不敢爲人師。爲衆人師且不敢，況敢爲吾子師乎？

孟子稱：『人之患在好爲人師。』由魏、晋氏以下，人益不事師。今之世，不聞有師，有輒譁笑之，以爲狂人。獨韓愈奮不顧流俗，犯笑侮，收召後學，作《師説》，因抗顔而爲師。世果群怪聚駡，指目牽引，而增與爲言辭。愈以是得狂名，居長安，炊不暇熟，又挈挈而東，如是者數矣。屈子賦曰：『邑犬群吠，吠所怪也。』僕往聞庸蜀之南，恒雨少日，日出則犬吠，余以爲過言。前六七年，僕來南，二年冬，幸大雪，踰嶺被南越中數州，數州之犬，皆蒼黄吠噬狂走者累日，至無雪乃已，然後始信前所聞者。今韓愈既自以爲蜀之日，而吾子又欲使吾爲越之雪，不以病乎？非獨見病，亦以病吾子。然雪與日豈有過哉？顧吠者犬耳。度今天下不吠者幾人，而誰敢衒怪於群目，以召鬧取怒乎？

僕自謫過以來，益少志慮。居南中九年，增脚氣病，漸不喜鬧，豈可使呶呶者早暮咈吾耳、騷吾心？則固僵仆煩憒，愈不可過矣。平居望外，遭齒舌不少，獨欠爲人師耳。

抑又聞之，古者重冠禮，將以責成人之道，是聖人所尤用心者也。數百年來，人不復行。近有孫昌胤者，獨發憤行之。既成禮，明日造朝至外庭，薦笏言於卿士曰：『某子冠畢。』應之者咸憮然。京兆尹鄭叔則怫然曳笏却立，曰：『何預我耶？』廷中皆大笑。天下不以非鄭尹而快孫子，何哉？獨爲所不爲也。今之命師者大類此。

吾子行厚而辭深，凡所作，皆恢恢然有古人形貌，雖僕敢爲師，亦何所增加也？假而以僕年先吾子，聞道著書之日不後，誠欲往來言所聞，則僕固願悉陳中所得者。吾子苟自擇之，取某事去某事，則可矣。若定是非，以教吾子，僕材不足，而又畏前所陳者，其爲不敢也決矣。吾子前所欲見吾文，既悉以陳之，非以耀明于子，聊欲以觀子氣色誠好惡何如也。今書來，言者皆大過。吾子誠非佞譽誣諛之徒，直見愛甚故然耳。

始吾幼且少，爲文章，以辭爲工。及長，乃知文者以明道，是固不苟爲炳炳烺烺，務采色、夸聲音，而以爲能也。凡吾所陳，皆自謂近道，而不知道之果近乎、遠乎。吾子好道，而可吾文，或者其於道不遠矣。故吾每爲文章，未嘗敢以輕心掉之，懼其剽而不留也；未嘗敢以怠心易之，懼其弛而不嚴也；未嘗敢以昏氣出之，懼其昧没而雜也；未嘗敢以矜氣作之，懼其偃蹇而驕也。抑之欲其奥，揚之欲其明，疏之欲其通，廉之欲其節，激而發之欲其清，固而存之欲其重，此吾所以羽翼夫道也。本之《書》以求其質，本之《詩》以求其恒，本之《禮》以求其宜，本之《春秋》以求其斷，本之《易》以求其動，此吾所以取道之原也。參之穀梁氏以厲其氣，參之《孟》《荀》以暢其支，參之《莊》《老》以肆其端，參之《國語》以博其趣，參之《離騷》以致其幽，參之太史公以著其潔，此吾所以旁推交通而以爲之文也。凡若此者，果是耶，非耶？有取乎，抑其無取乎？吾子幸觀焉擇焉，有餘以告焉。苟亟來以廣是道，子不有得焉，則我得矣，又何以師云爾哉？取其實而去其名，無招越、蜀吠怪，而爲外廷所笑，則幸矣！宗元白。

按：中立，史無傳。《新史·年表》云：唐州刺史彪之孫。不書爵位。觀其求師好學之志，公答以數千言，盡以平生爲文真訣告之，必當時佳士也。中立後於元和十四年中第。

## 上門下李夷簡相公陳情書

月日，使持節柳州諸軍事守柳州刺史柳宗元，謹再拜獻書于相公閣下：宗元聞有行三塗之艱，而墜千仞之下者，仰望於道，號以求出。過之者日千百人，皆去而不顧。就令哀而顧之者，不過攀木俯首，深矉太息，良久而去耳，其卒無可奈何。然其人猶望而不止也。俄而有若烏獲者，持長綆千尋，徐而過焉。其力足爲也，其器足施也，號之而不顧，顧而曰不能力，則其人知必死於大壑矣。何也？是時不可遇而幸遇焉，而又不逮乎己，然後知命之窮，勢之極，其卒呼憤自斃，不復望於上矣。

宗元曩者齒少心鋭，徑行高步，不知道之艱以陷於大阨，窮躓殞墜，廢爲孤囚。日號而望者十四年矣，其不顧而去與顧而深矉者，俱不乏焉。然猶仰首伸吭，張目而視曰：庶幾乎其有異俗之心，非常之力，當路而垂仁者耶？及今閣下以仁義正直，入居相位，宗元實竊拊心自慶，以爲獲其所望，故敢致其辭以聲其哀。若又捨而不顧，則知沉埋踣斃無復振矣，伏惟動心焉。

宗元得罪之由，致謗之自，以閣下之明，其知之久矣。繁言蔓辭，秖益爲黷。伏惟念墜者之至窮，錫烏獲之餘力，舒千尋之綆，垂千仞之艱，致其不可遇之遇，以卒成其幸。庶號而望者得畢其誠，無使呼憤自斃，沒有餘恨，則士之死於門下者宜無先焉。生死通塞，在此一舉，無任戰汗隕越之至。不宣。宗元惶恐再拜。

按：《新史·夷簡傳》：元和十三年，召爲御史大夫，進門下侍郎、同中書門下平章事。

## 祭吕衡州温文

維元和六年，歲次辛卯，九月癸巳朔某日，友人守永州司馬員外置同正員柳宗元，謹遣書吏同曹、家人襄兒，奉清酌庶羞之奠，敬祭於吕八兄化光之靈。

嗚呼天乎！君子何厲？天實讎之。生人何罪？天實讎之。聰明正直，行爲君子，天則必速其死。道德仁義，志存生人，天則必夭其身。吾固知蒼蒼之無信，莫莫之無神，今於化光之殁，怨逾深而毒逾甚，故復呼天以云云。

天乎痛哉！堯、舜之道，至大以簡；仲尼之文，至幽以默。千載紛争，或失或得，倬乎吾兄，獨取其直。貫于化始，與道咸極。推而下之，法度不忒。旁而肆之，中和允塞。道大藝備，斯爲全德。而官止刺一州，年不逾四十，佐王之志，没而不立，豈非修正直以召災，好仁義以速咎者耶？

宗元幼雖好學，晚未聞道，洎乎獲友君子，乃知適於中庸，削去邪雜，顯陳直正，而爲道不謬，兄實使然。嗚呼！積乎中不必施於外，裕乎古不必諧於今，二事相期，從古至少，至於化光，最爲太甚。理行第一，尚非所長，文章過人，略而不有，夙志所蓄，巍然可知。貪愚皆貴，險很皆老，則化光之夭厄，反不榮歟？所慟者志不得行，功不得施，蚩蚩之民，不被化光之德；庸庸之俗，不知化光之心。斯言一出，内若焚裂。海内甚廣，知音幾人？自友朋凋喪，志業殆絶，唯望化光伸其宏略，震耀昌大，興行於時，使斯人徒，知我所立。今復往矣，吾道息矣！雖其存者，志亦死矣！臨江大哭，萬事已矣！窮天之英，貫古之識，一朝去此，終復何適？

嗚呼化光！今復何爲乎？止乎行乎？昧乎明乎？豈蕩爲太空與化無窮乎？將結爲光耀以助臨照乎？豈爲雨爲露以澤下土乎？將爲雷爲霆以泄怨怒乎？豈爲鳳爲麟、爲景星爲卿雲以寓其神乎？將爲金爲錫、爲圭爲璧以栖其魄乎？豈復爲賢人以續其志乎？將奮爲神明以遂其義乎？不然，是昭昭者其得已乎，其不得已乎？抑有知乎，其無知乎？彼且有知，其可使吾知之乎？幽明茫然，一慟腸絶。嗚呼化光！庶或聽之。

按：温，字和叔，一字化光，河東人。温之生平，公嘗爲之誄，極所稱道，蓋不獨見之此文也。

## 爲韋京兆祭太常崔少卿文

維年月日甲子，京兆尹韋夏卿，謹以清酌庶羞之奠，敬祭于亡友故太常少卿崔公之靈。

惟靈率是良志，蹈其吉德，炳蔚文彩，周流學殖。孔氏之訓，專其傳釋，黄、老之言，探乎幽賾。六書奥秘，是究是索，叩爾玄關，保其真宅。藝成行備，披雲騁跡，康莊未窮，濛汜已極。嗚呼哀哉！

夙歲同道，從容洛師，接袂交襟，以遨以嬉。策駕嵩、少，泝舟瀍、伊，笑咏周星，其樂熙熙。丹霄可望，青雲可期，洛中十友，談者榮之。惟鄭洎齊，各登鼎司，或喪或存，山川是違。緊我夫子，宜相清時，命之不遐，孰不悽悲？嗚呼哀哉！

往佐居守，及爾同寮，笑遨交歡，匪夕則朝。入同其室，出聯其鑣，投文報章，既歌且謠。及我爲郎，優游吏部，公爲御史，持憲天路。文陛徐趨，眷戀相顧，歡愛之分，有加于素。自我于邁，歷刺東吴，離憂十年，復會名都。余爲侍郎，銓總攸居，實得茂彦，奉其規模，聯事合情，又倍其初。我尹京兆，公亞奉常，步武相望，佩玉以鏘。謂保愉樂，長此翺翔，抱疾幾何，忽焉其亡。嗚呼痛哉！

原念往昔，愛均骨肉，我有書笥，盈君尺牘。寤言在耳，今古何速，失涕興哀，匍匐往哭。撫筵一呼，心焉摧剥，日月逾邁，佳城遽卜。素車千里，逶迤山谷，晦爾精靈，藏之斧屋。嗚呼哀哉！

丹旐即路，祖奠在庭，去此昭昭，就爾冥冥。敬陳泂酌，以告明靈，臨觴永慟，庶寫哀誠。嗚呼哀哉！伏惟尚饗。

按：崔少卿，考之史傳未詳。惟摭諸表系，有崔隱甫之孫溉者一人爲太常少卿，當即此也。

## 祭弟宗直文

維年月日，八哥以清酌之奠，祭于亡弟十郎之靈。吾門凋喪，歲月已久，但見禍謫，未聞昌延，使爾有志，不得存立。延陵已上，四房子姓，各爲單孑，慥慥早夭，汝又繼終，兩房祭祀，今已無主。吾又未有男子，爾曹則雖有如無。一門嗣續，不絕如綫。仁義正直，天竟不知，理極道乖，無所告訴。

汝生有志氣，好善嫉邪，勤學成癖，攻文致病，年纔三十，不祿命盡。

蒼天蒼天，豈有真宰？如汝德業，尚早合出身，由吾被謗年深，使汝負才自棄。志願不就，罪非他人，死喪之中，益復爲媿。汝墨法絶代，知者尚稀，及所著文，不令沉没，吾皆收録，以授知音。《文類》之功，更亦廣布，使傳於世人，以慰汝靈。知在永州，私有孕婦，吾專優䘏，以俟其期。男爲小宗，女亦當愛，延子長大，必使有歸。撫育教示，使如己子，吾身未死，如汝存焉。

炎荒萬里，毒瘴充塞，汝已久病，來此伴吾。到未數日，自云小差，雷塘靈泉，言笑如故。一寐不覺，便爲古人。茫茫上天，豈知此痛！郡城之隅，佛寺之北，飾以殯紖，寄於高原。死生同歸，誓不相棄，庶幾有靈，知我哀懇。

按：公同祖異父弟宗直，字正夫。集有《誌宗直殯》云，元和十年七月卒。祭文亦同是時作。

# 附録

## 柳子厚墓志銘

韓　愈

子厚諱宗元。七世祖慶，爲拓跋魏侍中，封濟陰公。曾伯祖奭，爲唐宰相，與褚遂良、韓瑗俱得罪武后，死高宗朝。皇考諱鎮，以事母，棄太常博士，求爲縣令江南。其後，以不能媚權貴，失御史。權貴人死，乃復拜侍御史，號爲剛直。所與游皆當世名人。

子厚少精敏，無不通達。逮其父時，雖少年，已自成人，能取進士第，嶄然見頭角，衆謂柳氏有子矣。其後以博學宏詞授集賢殿正字，俊傑廉悍，議論證據今古，出入經史百子，踔厲風發，率常屈其座人，名聲大振，一時皆慕與之交。諸公要人爭欲令出我門下，交口薦譽之。

貞元十九年，由藍田尉拜監察御史。順宗即位，拜禮部員外郎。遇用事者得罪，例出爲刺史。未至，又例貶州司馬。居閒，益自刻苦，務記覽，爲詞章，泛濫停蓄，爲深博無涯涘，而自肆於山水間。

元和中，嘗例召至京師。又偕出爲刺史，而子厚得柳州。既至，嘆曰：是豈不足爲政邪？因其土俗，爲設教禁，州人順賴。

其俗以男女質錢，約不時贖，子本相侔，則没爲奴婢。子厚與設方計，悉令贖歸。其尤貧力不能者，令書其傭，足相當，則使歸其質。觀察使下其法於他州，比一歲，免而歸者且千人。衡湘以南，爲進士者，皆以子厚爲師。其經承子厚口講指畫，爲文詞者悉有法度可觀。其召至京師而復爲刺史也，中山劉夢得禹錫亦在遣中，當詣播州。子厚泣曰：『播州非人所居，而夢得親在堂，吾不忍夢得之窮，無辭以白其大人，且萬無母子俱往理。』請於朝，將拜疏，願以柳易播，雖重得罪，死不恨。遇有以夢得事白上者，夢得於是改刺連州。

嗚呼！士窮乃見節義。今夫平居里巷相慕悦，酒食游戲相徵逐，詡詡强笑語以相取下，握手出肺肝相示，指天日涕泣，誓生死不相背負，真若可信，一旦臨小利害，僅如毛髮比，反眼若不相識，落陷穽不一引手救，反擠之，又下石焉者，皆是也。此宜禽獸夷狄所不忍爲，而其人自視以爲得計，聞子厚之風，亦可以少媿矣。

子厚前時少年，勇於爲人，不自貴重顧藉，謂功業可立就，故坐廢退。既退，又無相知有氣力得位者推挽，故卒死於窮裔，材不爲世用，道不行於時也。使子厚在臺省時，自持其身已能如司馬、刺史時，亦自不斥。斥時，有人力能舉之，且必復用不窮。然子厚斥不久，窮不極，雖有出於人，其文學辭章，必不能自力以致必傳於後如今無疑也。雖使子厚得所願，爲將相於一時，以彼易此，孰得孰失，必有能辨之者。

子厚以元和十四年十一月八日卒，年四十七。以十五年七月十日歸葬萬年先人墓側。子厚有子男二人：長曰周六，始四歲；季曰周七，子厚卒乃生。女子二人，皆幼。其得歸葬也，費皆出觀察使河東裴君行立。行立有節概，重然諾，與子厚結交，子厚亦爲之盡，竟賴其力。葬子厚於萬年之墓者，舅弟盧遵。遵，涿人，性謹慎，學問不厭。自子厚之斥，遵從而家焉，逮其死不去。既往葬子厚，又將經紀其家，庶幾有始終者。銘曰：

是惟子厚之室。既固既安，以利其嗣人。

# 唐故柳州刺史柳君集

劉禹錫

八音與政通，而文章與時高下。三代之文，至戰國而病，涉秦、漢復起。漢之文，至列國而病，唐興復起。夫政厖而土裂，三光五嶽之氣分，太音不完，故必混一而後大振。初，貞元中，上方嚮文章，昭回之光，下飾萬物。天下文士，争執所長，與時而奮，粲焉如繁星麗天。而芒寒色正，人望而敬者，五行而已。河東柳子厚，斯人望而敬者歟！

子厚始以童子有奇名於貞元初，至九年，爲名進士。十有九年，爲材御史。二十有一年，以文章稱首，入尚書，爲禮部員外郎。是歲，以疏雋少檢獲訕，出牧邵州。又謫佐永州。居十年，詔書徵，不用，遂爲柳州刺史。五歲，不得召歸。病且革，留書抵其友中山劉禹錫曰：『我不幸，卒以謫死，以遺草累故人。』禹錫執書以泣，遂編次爲三十通，行於世。子厚之喪，昌黎韓退之誌其墓，且以書來弔曰：『哀哉！若人之不淑。吾嘗評其文，雄深雅健，似司馬子長，崔、蔡不足多也。』安定皇甫湜，於文章少所推讓，亦以退之之言爲然。凡子厚名氏與仕與年暨行己之大方，有退之之誌若祭文在，今附于第一通之末云。